AF200664

Bibliografische Information der Deutschen Nationalbibliothek: Die Deutsche Nationalbibliothek verzeichnet diese Publikation in der Deutschen Nationalbibliografie; detaillierte bibliografische Daten sind im Internet über *dnb.dnb.de* abrufbar.

Originalausgabe erschienen 2017
2. Auflage

Lektorat: Andrea Hübener
Klappentext: Christoph Zischek

Herstellung und Verlag:
BoD Books on Demand, Norderstedt

ISBN 9783744874090

Christoph Hübener

Das Flug Buch

Oh, I have slipped the surly bonds of earth,
And danced the skies on laughter-silvered wings;
Sunwards I've climbed
and joined the tumbling mirth
of sun-split clouds.
And done a hundred things
You have not dreamed of
Wheeled and soared and swung
high in the sunlit silence.
Hovering there I've chased
the shouting wind along
And flung my eager craft
through footless halls o fair...

Up, up
the long delirious burning blue
I've topped the wind-swept heights
with easy grace
Where never lark, or even eagle, flew;
And, while with silent, lifting mind I've trod
The high untresspassed sanctity of space,
put out my hand and touched the face of God

Pilot Officer John Gillespie Magee, Jr.
No. 412 Squadron RCAF
June 1922 – December 1941

Inhalt

Preflight   9

Meinem Vater   11

Diese Abende   22

Blaue Stunde   33

Der erste Flug   43

Cat Bravo Yankee   50

Illusion   73

Formation   80

Angst   84

Linie   96

B-17   108

Begegnung 144

Fieber   156

Last Call   175

Air Canada   208

After Landing   215

Credits   218

INTENTIONALLY
LEFT
BLANK

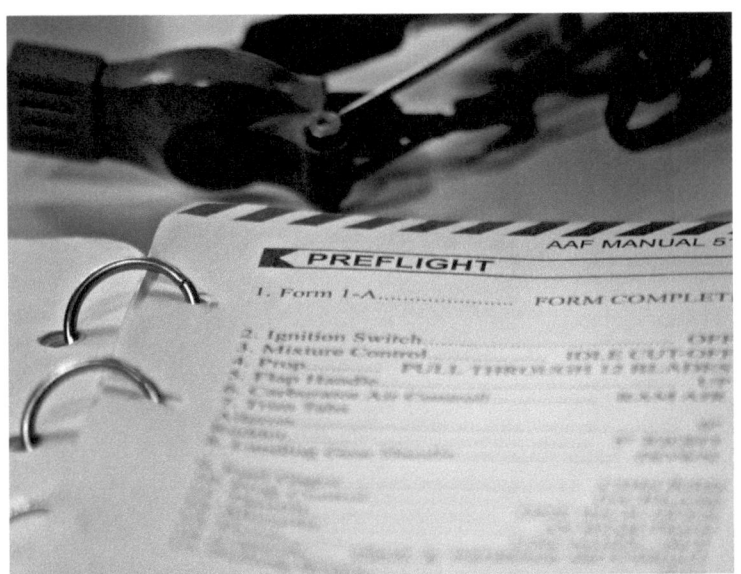

Einige wenige Geschichten sind als Betrachtungen aus eigenem Erleben entstanden oder Menschen gewidmet, mit denen ich zusammen geflogen bin oder die mir sehr viel bedeuten.

In meinen Geschichten geht es mir weniger um verklärte Anekdoten, trockene technische Beschreibungen oder um nüchterne Berichterstattung.

Vielmehr ist es ein besonderer Blick auf meine Erlebnisse, auf besondere Begebenheiten und auf alles, was damit verbunden ist.

Von dem, was ich geschrieben habe, ist nichts reine Phantasie: Das meiste hat sich so oder so ähnlich zugetragen.
Ähnlichkeiten sind also durchaus gewollt.

Lediglich Namen und Kennzeichen habe ich verändert.
Alle Geschichten eint letztlich dieses unglaubliche Erleben,
diese so schwer zu greifenden Gefühle und Empfindungen, die
sich mit dem großen Wunder der Fliegerei verbinden.

Das alles hat mich immer sehr tief bewegt und tut es auch
heute noch.

Guten Flug wünscht

Oh, fast vergessen:
Im Textfluss finden sich einige Begriffe, die sich vielleicht
nicht gleich erschließen. Nach einiger Überlegung habe ich auf
Fußnoten oder ein Glossar verzichtet.
Wer dennoch wissen möchte, was die verwendeten (Fach-)
Begriffe bedeuten, möge dies bitte in den einschlägigen
Quellen nachschlagen.
Danke.

Meinem Vater

Diese Geschichte sollte eigentlich ganz anders heißen. Der Titel sollte irgend etwas mit *Anfang* oder *Beginn* zu tun haben. Es ist schließlich die erste Geschichte in diesem Buch. Aber ich habe mich nach einem Gespräch anders entschieden. Denn es war mein Vater, der diese Geschichte hat stattfinden lassen - wie auch er es war, der mich zu Fliegerei brachte. Und zu vielem anderen.

Deshalb widme ich ihm diese (wahre) Geschichte.

Es war in den frühen siebziger Jahren, ich war etwa elf Jahre alt, die Mauer teilte das Land und schloss die ehemalige DDR ein. Meine Großeltern lebten im ebenso abgetrennten wie verinselten Berlin, und wir besuchten sie regelmäßig.

Das geschah auf dem einfachsten Weg: nämlich mit dem Flugzeug von Hannover aus. Die Flüge waren damals billig - da subventioniert - und so ließ es sich für etwas mehr als 60,- DM mit einer Super-One-Eleven der British Airways oder mit einer 727 der PAN AM von Hannover in einer guten halben Stunde nach Berlin-Tempelhof fliegen. Es gab drei Korridore, durch die man über die ehemalige DDR mit diesen Airlinern nach Berlin fliegen konnte: *Hamburg Air Corridor* im Norden, *Bueckeburg Air Corridor* in der Mitte und den *Frankfurt Air Corridor* im Süden, jeder 20 Meilen breit; es gab die ADIZ entlang der Grenze und eine sehr dichte Luftraumüberwachung. Aber davon wusste ich damals natürlich noch nichts. Mutter und Bruder wollten also wieder nach Berlin zu den Großeltern fliegen und aus einem unergründlichen Zusammenhang flog ich an diesem Herbsttag nicht mit. Ich begleitete sie aber an diesem Tag mit meinem Vater nach Hannover zum Flugplatz.

Mit Bahn und Bus kamen wir aus der ostwestfälischen Provinz in die niedersächsische Hauptstadt - für mich weit mehr als ein Ausflug: Ein Ereignis! - schließlich ging es nicht nur in eine große Stadt, sondern zudem noch auf einen großen Flughafen!

Ich sehe mich noch mit dem Linienbus vom Bahnhof zum Flughafen fahren - je näher wir ihm kamen, desto aufgeregter wurde ich. Ebenso wie mein Vater übrigens, der alles, was die Fliegerei umgab, genauso neugierig wie ich betrachtete und mir leichtfüßig vielerlei zu erklären wusste.

Damals gab es in Langenhagen (so hieß der Stadtteil, auf dem sich der Flughafen fand) noch keine Industriebebauung, welche die Sicht zum Flugfeld nehmen konnte, und schon ahnte ich in der Ferne hinter dem hohen Zaun die Kanzel des Towers, der sich damals noch auf ein schmuckloses Abfertigungsgebäude duckte.

Bald schon stiegen wir auf einer Parkfläche aus dem Bus und betraten das Abfertigungsgebäude; die Luft war, für mich parfümgleich, geschwängert mit Kerosingeruch - das stetige

Heulen der APU's war allgegenwärtig und nur unterbrochen durch das Leerlaufgeräusch der Turbinen an- und abrollender Maschinen, die ich hinter dem Betonsichtschutz auf dem Vorfeld vermutete.

Wir brachten unsere Familie schließlich zur Passagierabfertigung. An den Schaltern gab es Werbegeschenke der Airlines (ich besaß stolz seit langem eine Umhängetasche von PAN AM!) und bunte Aufkleber für die mitgeführten Gepäckstücke, welche mittels ratterndem Transportband in den unergründlichen Tiefen des Gebäudes verschwanden.

Wir verabschiedeten uns, Bruder und Mutter liefen durch eine Glastür hinter dem Schalter und mein Vater und ich machten uns auf zu einem endlosen Treppengewirr im abgelegeneren Teil des Gebäudes, um die verheißungsvolle Aussichtsterrasse zu erklimmen.

Fröstelnd standen wir dann im kalten, herbstlichen Sprühregen und sahen Mutter und Bruder eine geraume Zeit später winkend die Gangway hochklettern und im Flieger verschwinden, der - nachdem sich die Kabinentür wie von Geisterhand schloss, und die Gangway mit einem niedlichen Treckerchen davonzog - langsam abrollte.

Ich verfolgte den Weg der Maschine mit Argusaugen, sah sie weit hinten an der Runway warten und beobachtete genau, wie die glanzweiße 727 mit dem lichtblauen Logo auf der Finne dann unter ohrenbetäubendem Triebwerksdonner und mit ebenso imposanter Abgasfahne in der niedrigen, grauen Stratusbewölkung verschwand.

Der Heimweg stand bevor und das Wetter besserte sich etwas. Doch es war noch etwas Zeit für eine Flugplatzerkundung, mein Vater und ich trödelten also vorbei an verbeulten, aluminium-silbrigen abgestellten Cargo-Containern mit bunten Aufklebern, liefen über triste Park- und Abstellflächen und an ebenso lustlos gestalteten, flachen Funktionsgebäuden entlang.

Unser Ziel: Der Zaun.

Verheißungsvoll grollte von irgendwo ständig Triebwerks-donner und nach geraumer Zeit fanden wir eine angemessene Stelle nahe dem breiten Taxiway, der die beiden Startbahnen miteinander verband. So konnten wir nun die Maschinen ganz nahe vorbei rollen sehen, bis sie mit gleichmäßigem Getöse abbogen und hinter einer Waldkante verschwanden, um wenig später in leiser Beschleunigung die Runway hinunter zu rauschen und schließlich ohrenbetäubend laut in den Himmel zu steigen.

Wir beobachteten dieses Schauspiel geraume Zeit und liefen später am Zaun entlang, kamen schließlich zum GAT. Hier fanden sich auf dem Vorfeld - fein säuberlich aufgereiht - eine große Anzahl verschiedener Sportflugzeuge, PA-28er, C-150, C-172, P-159D, Beech Barons - ich erinnere mich sogar noch an eine Ryan Navion, die dort festgezurrt in der ersten Reihe stand.

In der Nähe der Abstellfläche fand sich im grünen, manns-hohen und leicht lädierten Maschendrahtzaun eine verschlossene Tür, die den Zugang zum Flugfeld ermöglichte. In unmittelbarer Nähe der Tür hing im Zaun ein weißes Blechschild mit geprägten, schwarzen Buchstaben. *Rundflüge* versprach die breite Überschrift, darunter ließ sich erfahren, dass der dreißigminütige Ausflug in einer der Sportmaschinen mit 20 Mark zu Buche schlug. Dazu der Hinweis, an der entsprechenden Tür zu klingeln.

Nun lässt sich leicht verstehen, dass aus dem von Erlebnissen und Eindrücken der letzten Stunden gespeisten Wunsch, einmal mit zu fliegen, schnell ein Verlangen in meiner elfjährigen Seele aufbrandete: mit neugierigem Blick aufs Vorfeld, zum Schild, zur Klingel und bettelnden Seitenblicken hoch zu meinem Vater hatte der auch schnell und ohne meine Worte verstanden, wonach ich mich in dieser Minute sehnte.

Ich kann mir (auch heute) keinen gutmütigeren Menschen vorstellen als eben meinen Vater, der mir damals beizubringen versuchte, dass nun gerade genug Geld zur Verfügung stünde, um die Bahnfahrt in die heimische Kleinstadt zu bezahlen. Doch an meinem entflammten Verlangen änderte das nichts und meine Unnachgiebigkeit ihm gegenüber bedaure ich noch heute.

Oder: Eigentlich auch wieder nicht.

Schließlich ergab sich das Wunder: Wohl auch für ihn unerwartet fand sich dann doch noch ein Fünfmarkstück in seinen Taschen, das uns (neben dem heiß begehrten Rundflug) die Rückreise mit der Bahn sichern konnte.

In fliegender Eile flitze ich zu dem Klingelknopf und nach einer kleinen Weile erschien ein gebräunter, älterer Herr, der meinem Vater eröffnete, das ausgerechnet ich der Passagier sei, den er brauchte, um jetzt diesen Rundflug durchführen zu können – zwei weitere würden schon warten.

Nach einem dankbaren Blick von mir entrichtete mein Vater lächelnd den geforderten Salär und ich wurde von dem gebräunten, älteren Herren - der sich schließlich als mein Pilot zu erkennen gab - durch die nun geöffnete Tür im Maschendrahtzaun befördert.

Ich erinnere mich noch ausgesprochen gut an meine Aufregung und meine reichliche weichen Knie, nun auf dem für mich fast heiligen Boden des Vorfeldes zur Maschine geleitet zu werden - in erregter Erwartung, damit gleich losfliegen zu können.

Zielstrebig führte er mich zu einer C-172, die - cremeweiß mit roten Streifen verziert - aus der Reihe der geparkten Maschinen herausgezogen, bereits auf dem Vorfeld wartete.

Im Fond der Maschine saßen bereits zwei Fluggäste: Offensichtlich ein Vater mit seiner Tochter.

Ich war in Erwartung, nun ebenfalls dort hinten mit Platz nehmen zu müssen und dann beinahe fassungslos überrascht, als mir der gebräunte, älterer Herr die Steuerbordtür der Cessna öffnete, und mich bat, auf dem Sitz des Copiloten Platz zu nehmen.

Einigermaßen benommen von diesem sehr unerwarteten Glück kletterte ich reichlich tapsig auf den Sitz, der gebräunte, älterer Herr zeigte mir, wie ich den bordauxfarbenen Beckengurt anzulegen hatte und schloss von außen die Tür. Wenige Minuten später saß er lächelnd neben mir, holte sich - ohne hinzusehen - seine Sonnenbrille von der Cockpitablage und hielt mir breit grinsend ein Headset hin, das ich mir - ebenfalls noch etwas linkisch - auf meine Ohren schob. Ich platzte fast vor Stolz - die Fluggäste hinter mir hatten nämlich keine Kopfhörer!

Mein Pilot begann nun, konzentriert verschiedene Schalter und Knöpfe am beigefarbenen Kunststoffarmaturenbrett der Cessna zu bedienen - für mich damals noch völlig undurchschaubar, aber doch mindestens genauso faszinierend.

Im Kopfhörer begann es leise zu summen, der Propeller vor

meiner Nase drehte sich einige Male leer durch, bis das Triebwerk laut ansprang und das Flugzeug in seinen Grundfesten zu erschüttern schien.

Nach diesem erstem kleinen Schreck sah ich auf die vielen Lampen, Schalter und Uhren im Cockpit und das nun ruhige Brummen des Motors ließ mich wieder aufatmen. Ich sah nach links zu meinem Piloten, der mir grinsend zunickte und den Daumen hob.

Er sprach einiges mir völlig unverständliches ins Mikrofon - ich mutmaßte: Englisch - und bekam mit leisem Rauschen eine mir ebenso unverständliche Antwort. Er schob einen Hebel ins Armaturenbrett, der Motor röhrte auf und die Maschine setzte sich in Bewegung. Ich hatte kaum Zeit, alles vollständig in mich aufzusaugen, was um mich - auf wunderbarem Co-Pilotenplatz sitzend – geschah. Ein wahrhaft unerhörtes Gefühl!

Mein Pilot stupste mich an und wies mit dem Finger nach draußen, ich sah meinen Vater, seinen Fotoapparat in der Hand am Zaun stehen, mit der anderen winkte er mir zu. Ich winkte aufgeregt aus dem Cockpit zurück.

Schließlich wendete die Maschine und ließ meinen Vater am Zaum im Propellerwind zurück.

Gebannt sah ich aus der zitternden Maschine auf den vor uns liegenden Rollweg, der sich langsam unter uns durchschob, einigen Kurven und beschilderten Abzweigungen folgte, und uns schließlich zur Runway führte.

Wir warteten und der Motor tuckerte ungeduldig im Leerlauf vor sich hin.

Nach einigen Minuten und dem schon bekannten Funkkauderwelsch, gab mein Pilot wieder etwas Gas, rollte die Maschine auf eine Art überdimensionierten Zebrastreifen, drehte sie nach links und richtete sie auf der Startbahn aus. Vor uns lagen über zwei Kilometer Beton, unfassbar breit, am Ende der Bahn flirrte die Wärme der Sonne, die nun durch die Wolken gebrochen war.

Ich sah etwas angespannt zu meinem Piloten, der mir nur zunickte, den Gashebel zügig ins Instrumentenbrett schob und dann konzentriert abwechselnd auf die Instrumente oder geradeaus durch die Cockpitscheibe sah.

Die Cessna beschleunigte sanft und die Bahn zog immer schneller unter uns durch, schließlich hörte ich seine Stimme, die *Pass auf* im Kopfhörer zu mir sprach, und mit einer sanften Bewegung am Steuerhorn löste sich die Maschine von der Piste und wir stiegen mit großer Leichtigkeit in den Hannoveraner Himmel.

Ich sah nach unten und es war, als gehörte mir die Welt allein: Die Flugplatzbegrenzung zog unter uns durch, der Wald wurde kleiner und in der Ferne blitzen vorsichtig ein paar Seen in der Sonne.

Nach einer leichten Linkskurve flirrten die Umrisse der Stadt Hannover vor uns im Gegenlicht auf, die Wolkendecke war aufgebrochen und mit leichtem Steigflug näherten wir uns den Wolkenlücken. Das Triebwerk brummte warm und kraftvoll, die Sonne blinzelte grell durch die nun aufgerissene Bewölkung und mit leichtfertigen Bewegungen kreisten wir über Welt, Stadt und Land: ich kam nicht dazu, mich satt zu sehen, meine Gefühle schienen sich vor Glück purzelbaumähnlich zu überschlagen und ich kam mir vor, als wäre die Wunderwelt aus Sonnenglanz, Cockpitwelt, Wolkenlicht und Spielzeugland ausschließlich nur für mich geschaffen.

Meine glückliche Seele quoll beinahe über, als mein Pilot mir zu verstehen gab, doch beide Hände an das Steuerhorn vor mir zu legen und ich schließlich fast ungläubig den kühlen schwarzen Kunststoff unter meinen kleinen Fingern spürte. Schnell verstand ich die Bewegungen, die er eingab und denen das Flugzeug folgte.

Was also soll ich noch erzählen?

Wir zogen einige Kreise über Hannover und diese halbe Stunde dort oben kam mir vor, wie ein ganzes Leben, der langsame Sinkflug, der alsbald den Flughafen wieder vor uns auftauchen ließ, die schnurrende Schleppgaslandung an den Rand der Schwelle dieser gewaltigen Landebahn; ich habe noch dieses so lange, federleichte Ausschweben im Kopf und den leichten Stoß, mit dem wir aufsetzen, den sehr verschmitzten Blick meines Piloten, meine Finger noch immer vorsichtig am Steuerhorn, das Zittern des Motors in der Flugzeugzelle - ich kam mir vor, als wäre ich der erste Pilot der Welt.

Schließlich rollte die cremeweiß mit roten Streifen verzierte Cessna von der gigantischen Runway ab auf den Rollweg, der uns mit allerlei Kurven und Abzweigungen wieder zum Abstellplatz der vielen Sportmaschinen führte, die dort noch in einiger Ferne bewegungslos parkten.

Nun endlich schwenkten wir ein, das Triebwerk verstarb und das Flugzeug schüttelte sich erneut, mein Pilot legte seine Sonnenbrille wieder blind auf das Armaturenbrett, nahm meine Kopfhörer entgegen und sehr professionell - so schien es mir - öffnete ich den bordeauxfarbenen Beckengurt mit der großen Schnalle nun selbst.

Mein Vater - wie ich jetzt weiß: sehr beruhigt und erleichtert - stand hinter dem Maschendraht und winkte mir zu.

Ruhig und unerschüttert hob ich die Hand im Cockpit als Antwort.

Dann schnappte die Steuerbordtür auf und ich hopste ausgesprochen selbstbewusst auf den Beton, mein Pilot schüttelte mir lachend und braungebrannt die Hand, sicher gab es auch ein Kompliment.

So eilte ich auf meinen Vater zu, der mich in seine Arme schloss.

Auf der spätnachmittäglichen Rückfahrt in der Bahn war mein Redeschwall genauso endlos wie mein Schweigen und ich weiß erst heute, wie tief sich das alles in mich geprägt hat.

Unvergesslich, sagt man.

So hatte mein Vater - der sich ebenfalls schon zeitlebens für die Fliegerei interessiert hatte, jedoch selbst nie dazu kam - ein Erlebnis in meine Seele gelegt, das mir sagte, wo ich hingehöre und das mir fast dreißig Jahre eigene und kaum beschreibbare Fliegerei geschenkt hat:

Die ersehnte Segelflugausbildung wurde mein Konfirmationsgeschenk. Zum Leidwesen meiner Eltern war ich jedoch weit mehr auf dem Flugplatz denn in der Schule, was trotz ausgeklügelter Vertuschungsversuche schließlich zu meinem Leidwesen irgendwann an den Tag kam. Der Geldhahn zur Segelflugausbildung wurde abrupt geschlossen.

Die Konsequenzen waren für mich fürchterlich:

Den schulischen Abstieg ertrug ich ohne Anstrengung und stoisch, doch der Blick in den Himmel und auf die, die dort ohne mich flogen, wurde mir ein fast unerträgliches Leid.

Das erste Geld, das ich in meiner Ausbildung und mit unzähligen Jobs während des Studiums verdiente, investierte ich fast ausschließlich in meine Fliegerei.
Es folgten viele, viele Stunden über dieser Welt.
Unglaubliche Erlebnisse auch.

Meinen Vater übrigens habe ich später auf viele eindrückliche Flüge mitnehmen können.

Dank genug ist das nicht.

Diese Abende

Es ist die Zeit der letzten Flüge im Jahr. Das Wetter wird schnell schlechter, und manchmal fliegen wir noch durch Schauerstaffeln unter tiefhängenden Wolken hindurch, versuchen, durch die rar gewordenen Lücken der grauen Wolkendecke zu klettern, um weit oben die schon tief stehende Sonne zu genießen.

Warmes, gleißendes Licht bricht durch das Plexiglas unserer Cockpithauben.

Aber der raue Wind nimmt die gefühlvolle Ruhe des Dahingleitens: Das Fliegen in den aufgebrachten Luftströmen gleicht nun einer rasenden Autofahrt über unvorhersehbare Schlaglochstrecken. Harte Ruderausschläge, festgezogenes Gurtzeug, Schauer verschleiern die Sicht, starker Seitenwind macht unsere Landungen zu schwer berechenbarer Akrobatik.

Irgendwann ist auch das vorbei.
Das Landefeld verwandelt sich im nicht enden wollenden Herbstregen in eine völlig durchgeweichte Wiese, auf der schon pure Rollversuche kläglich enden müssen.
Die Tore der Hallen klappern im Wind, unser Flugfeld scheint zu veröden: vorbei das geschäftige Hin- und Herrollen, Starten und Landen, Motorgedröhn.
Alles verlassen und einsam.
Abgedeckt stehen viele unserer Flugzeuge nun in den schlecht beleuchteten, feuchten und zugigen Hangars, einige in skeletthaft wirkende Einzelteile zerlegt, manche sogar der Flügel beraubt, mit abgedeckten Motorhauben, aus denen sich schmutzig-buntes Leitungsgeschlinge wie aus offenen Wunden windet.
Ölverschmiertes Werkzeug liegt überall herum, Böcke und Tische mit ablegten Teilen, über die Werkbänke sind von Ölfingern angeschmutzte knitterige Pläne, Listen und Explosionszeichnungen geheftet. An den Wänden unübersichtliche Regale mit gestapelten Ersatzteilen: irgendwelche Aggregate, angestaubte Kisten und Kästchen, gekennzeichnet mit beigefarbenen Laufzetteln, die an dünnen Bindfäden baumeln.
Angerostete Benzinfässer in einer unbeleuchteten Ecke, auf denen sich irgendwelcher Schrott stapelt. Eine Reihe ver-

beulter Militärspinde, in denen wir alle möglichen Unterlagen horten.

Darüber hängen einzelne Rippen, ausgebaute Querruder und ein komplettes Seitenleitwerk. Emailleschilder von Flugzeugherstellern, farbstichige Luftaufnahmen in windschiefen Rahmen, Portraits irgendwelcher Piloten: Auf den schrägen Leisten sedimentäre Ablagerungen aus Staub, Öl und Schmutz.

Unter der Decke baumelt in sicherer Höhe die ausgeschlachtete Stahlrohrzelle einer Piper Cub. An langen Kabeln hängende, deckelförmige Blechlampenschirme wackeln bei jedem Windzug und bringen ein filigranes Schattenmuster auf dem Boden zum Tanzen.

Doch selbst hier haben wir unsere Rituale:

Sanft und beinahe liebevoll fühlen wir im Vorbeigehen mit der Hand über wohlgeformte Teile der Außenhaut unserer Maschinen: glatte, kühle Blechbeplankung, enganliegende Bespannung, hochglanzpolierte Kunststoffverkleidungen und weiche Baumwollstoffe, die sanft abgedeckte Teile modellieren. Es ist, als wollten wir den Kontakt zu unseren schlafenden Vögeln nicht verlieren.

Beinahe jedes Wochenende treffen wir uns dort. Sobald es uns Zeit ist, fliehen wir aus der Arbeitswoche hierher, oft schon freitags am frühen Nachmittag. In unansehnliche Overalls gestopft, aus deren Taschen ölige Lappen, Handschuhreste und kleineres Werkzeug quellen, säubern wir alles an unseren Maschinen mit äußerster Sorgfalt, tauschen Maschinenteile aus, tüfteln kopfüber verrenkt in engen Cockpits an der Instrumentierung herum, schleifen und feilen gebeugt über riesigen Schraubzwingen, überholen mit ölverschmierten

Gesichtern auf Spezialböcke montierte Motoren, wechseln Dichtungen, ziehen Steuerseile ein, wechseln Lampen und Reifen, löten an Kabelbäumen herum, erneuern Lackierungen, polieren und putzen.

Wir reden nur sehr wenig, ab und zu klingelt zwischen Flüchen ein Werkzeug auf den ausgekühlten Betonboden, in einer Ecke dudelt beständig ein Radio, die glucksende Kaffeemaschine in der Ecke läuft regelmäßig und immer noch werfen die Arbeitslampen ihre zuckenden Schatten an die Hallenwände, draußen ist es schon lange dunkel. Schluss für heute.

Wir lungern unlustig noch eine Weile zwischen den abgestellten Maschinen herum, als könnten wir uns nicht trennen. Aufräumen.

Diese Abende sind uns jetzt lang.

Es ist irgendwie anders als im Sommer. Vorhersagbarer.

Aber darüber reden wir nicht.

Schließlich knüllen wir unser Arbeitszeug zusammen, hängen unsere geliebten Fliegerjacken um die Schultern. Licht aus. Abschließen. Raus.

Dann endlich fahren wir mit unseren alten Autos ein paar Kilometer durch die verregnete Dunkelheit in die nahegelegene Kleinstadt.

Wir haben da diese Kneipe.

Viel zu laut. Eng und verqualmt. Immer überfüllt.

Stehplätze, drangvolle Enge, funzelige Beleuchtung, Videoclips donnern brüllend laut aus den Monitoren auf uns herab.

Eigentlich unzumutbar. Aber wir fahren da immer wieder hin.

Also knallen wir die Autotüren hinter uns zu, rennen durch den ewigen Regen zu der rettenden Kneipentür, und wie ein

Schwall ergießt sich sofort laute Musik, Gelächter und Stimmengewirr durch den Zigarettenqualm über uns.

Wir zwängen uns durch ein schier unglaubliches Gewühle zur hintersten Ecke des Raumes, schieben uns an ein winziges Tischchen.

Dieser Ort scheint wie geschaffen für uns. Trotz allem.

Wo auch anders könnten wir uns selig in selbstgewählten Klischees niederlassen? An diesen Abenden.

Kompensation.

Aber das nehmen wir nicht wahr.

Es dauert nicht ganz lange, bis erster Übermut in unseren Augen glänzt, die unvermeidlichen Bierpfützen um den Aschenbecher, raubeiniges Schulterklopfen als Begrüßungszeremonie für die Nachzügler, die Abenteuerzigaretten in den Ärmeltaschen unserer Fliegerjacken.

Standesbewusst favorisieren wir grellbunte, hochprozentige Drinks von undefinierbarer Zusammensetzung, klobige Benzinfeuerzeuge flammen kurz auf, wir nuckeln wortkarg an Strohhalmen und Zigaretten.

Der mit Lautstärke angefüllte Raum lässt Unterhaltungen nicht wirklich zu, statt dessen schreien wir uns gelegentlich abgehackte Sätze zu und wechseln bedeutungsvolle Blicke.

Das Vorspiel sozusagen.

Introvertierte Draufgänger mit undurchschaubaren Mienen, wir geben die verschworene Bruderschaft. Besser als jeder Film.

Genauso planmäßig fallen nach geraumer Zeit dann auch die ersten Stichworte:

Einleitung zu den schon leidlich bekannten *weißt-du-noch* -

Geschichten, lautes Gelächter dröhnt aus unserer Ecke, wir rücken enger zusammen, damit wir uns noch besser anschreien können.

Ein schmales Mädchen dringt mit einem enormen Tablett mühsam zu uns vor, ersetzt mit akrobatischem Körpereinsatz die leeren Gläser.

Wir schwelgen aber schon in Erlebnissen vergangener Flüge, eine erstaunlich geplante Hochstapelei. Image. Schließlich sind wir ja nicht *irgendwelche Piloten.*

Wüstes Gelächter, wir sonnen uns in unglaubwürdigen Geschichten, unsere Drinks verwandeln die kleine Schauerwolke in eine undurchdringliche Gewitterfront, kraftstrotzende Erzählungen von Böenwalzen, Elektronikausfall, kotzendem Triebwerk, Eisansatz.

Kopfschütteln. Kein Entkommen mehr möglich.

Ausgeschlossen.

Dem wortgewaltigen Erzähler steht - deutlich sichtbar - der kalte Schweiß auf der Stirn. Irgendwie hat er es dann doch noch geschafft. Klarer Fall: Mehr Glück als sonst irgendwas.

Nachschlag: Außenlandung mit dem Segelflugzeug. Letztes Jahr. Wirklich wahr. Echt jetzt.

Kein Landefeld weit und breit zu sehen, schier endloser Wald. Natürlich im vielzitierten letzten Augenblick die rettende Lichtung in Sicht. Zwar schmal wie ein Handtuch und bis in die letzte Ecke mit Unterholz übersät, aber die einzige Möglichkeit. Die einzige.

Rückenwindlandung, logisch. Der Pilot wundert sich bis heute, wir er das geschafft hat: kein Kratzer an der Mühle.

Das Rascheln der Baumspitzen kurz vor der Landung am Leitwerk hat er jetzt noch im Ohr. Unvergesslich.

Und wir geben uns keine Blöße. Anerkennendes Nicken.

Und wir laufen langsam zu Höchstform auf.

Irgendwelche breakbeats hämmern endlos aus den Boxen erbarmungslos auf uns herab, unter dem Gejohle der anderen kippt jemand von uns bei einer beschreibenden Armbewegung ein volles Glas Bier über den Tisch, mehrdeutiges Gefluche.

Doch wir haben noch einige Varianten zu bieten.

Hab-ich-von-dem-und-dem-gehört.

Alles noch spekulativer, haarsträubende Geschichten: Loopings von Flugschülern um Hochspannungsleitungen; dead-stick-Notlandungen mit kaltem Triebwerk auf dicht-befahrenen Autobahnen; Schleudersitze, mit denen sich Mechaniker versehentlich durch Hallendächer schießen. Begegnungen der Dritten Art - near misses mit tieffliegenden Jets. Der Blick ins Auge des A-10-Piloten.

Das Gedränge hat noch zugenommen.

In einer gegenüberliegenden Ecke werden ein paar gutaussehende Mädchen ausgemacht. Mannomann, wenn die wüssten. Sagen tut das aber keiner.

Übervolle Aschenbecher.

Nach anfänglichem Herumgedruckse winken wir die Mädels aus der Ecke zu uns herüber; tatsächlich drängeln sie sich kichernd bis zu unserer Runde durch: eine hübsche Dunkel-haarige mit Kulleraugen, eine Blonde, hochgestochen und durchgestylt. Die beiden anderen sind mehr so der unschein-bare Typ: Mauerblümchen.

Verstohlene Blicke. *Wie-heißtn-ihr-was machtn-ihr-so.*

Albernes Herumgeblödel: Noch mehr Drinks.

Wie üblich geben wir uns wortkarg, ganz nach festgelegter Regie.

Wir werden höflich, zeigen uns interessiert. Dass wir alle
fliegen erwähnen wir, wenn überhaupt, eher in verschiedenen,
gut kalkulierten Nebensätzen. Wir wissen ja, wie das so läuft.
Immer schön cool, understatement, richtig dosierte Sprüche.
Die Blonde steigt gleich auf das Theater ein, gibt sich
weltmännisch, entwickelt ein plötzliches Anlehungsbedürfnis.
Naja.
Der Abend scheint auf einmal gelaufen. Nichts mehr los.
Wieder nuckeln wir an unseren Zigaretten und den Stroh-
halmen unserer Drinks. Eins von den Mauerblümchen muss
jetzt aber wirklich mal nach Hause.
Wir wollen aber unbedingt noch was unternehmen.
Verschiedene Idee werden diskutiert. Aber dabei bleibt's.
Nichts Annehmbares.
Nach einer längeren Gammelphase fällt jemandem ein, dass in
der Nachtvorstellung eines nahegelegenen Provinzkinos *TOP
GUN* in der x-ten Wiederholung läuft.
Wir werden schlagartig wieder wach, die Kleine mit dem
Riesentablett hat Mühe unsere Drinks auseinanderzurechnen,
jemand hat natürlich zu wenig Kleingeld und es dauert ewig,
bis wir uns durch das Gewühl bis zur Tür durchgearbeitet
haben.
Bloß weg hier.
Endlich rennen wir durch den andauernden Regen zu unseren
Autos, die verbliebenen Mädels hinterdrein.
Klatschnass fallen wir in die Sitze, knallen die Türen zu und
rasen eigentlich zu sportlich zu dem kleinen Nest mit dem
Kino. Den Mädels gefällt's.
Über dem kleinen Kino prangt der Schriftzug *RESIDENZ* in
gelbem Neon, das „i" ist defekt und flackert. Die Kassiererin ist

erstaunt über den ungewohnten nächtlichen Ansturm, mehr als zehn Bierdosen fördert sie aus ihrer kleinen Theke nicht mehr ans Neonlicht.

Außer uns noch zwei dunkle Gestalten in den vorderen Reihen.

Einer aus unserer Runde wird plötzlich vermisst. Und die Blonde ist auch weg. Was der wohl morgen zu erzählen hat?

Alsbald teilt sich der zerschlissene Plüschvorhang der kläglich ausgestatteten Filmbühne, die Verschlüsse unserer Bierdosen zischen auf.

Gleichermaßen lautstark wie ungeduldig belegen wir die schon leidlich bekannten Werbespots mit höhnischen Kommentaren. Erst als auf der Leinwand zur Musik von Harold Faltermeyer die ersten Jets aufs Trägerdeck knallen, werden wir ruhiger und ge-nießen den Vorspann, versuchen, das eigenwillige Ballett der Deckmannschaften zu enträtseln.

Wir recken die Hälse vor, begutachten kritisch und fachkundig die Flugmanöver, grölen die Songs mit.

Bei den unserer Meinung nach völlig überflüssigen Liebes-szenen diskutieren wir halblaut über besonders gelungene Manöver.

Bei gewagten stunts geraten wir richtig aus dem Häuschen, glänzende Augen, wir rutschen noch tiefer in die Kinosessel, rechte Hand am stick, linke Hand am throttle: Wunderbar!

Als dann die letzte F-14 im orangeroten Abendhimmel hinter dem Abspann verschwindet und das Licht im Saal grell aufflammt, erheben wir uns müde und schleppen uns durch das windige Regenwetter zu unseren Autos.

Der harte Kern unserer Truppe endet, wie üblich an diesen Abenden, wieder in unserer Kneipe. Längst ist es dort nicht mehr so voll, einige Pärchen sitzen vereinzelt an den Tischen, die Musik ist auch deutlich leiser geworden.

Die Kleine mit dem Riesentablett lächelt, als wir Kaffee bestellen.

Unsere Wortkargheit ist diesmal nicht gespielt, die Gespräche werden ruhiger, sentimental, Erinnerungen:

Unser Formationsflug mit den drei Cubs über den Wolken bei Sonnenuntergang und die anschließende Landung im letzten Büchsenlicht auf diesem einsamen, wunderschönen Hochplateau, auf dem eigentlich gar kein Flugplatz war.

Mit dem Speed-Canard fast am Strand der einsamen Badeinsel in Schweden gelandet: Raus aus dem Cockpit und rein ins Wasser.

Mit der 172-six-ship ostwärts über die Alpen, als wir zum Balaton wollten.

Das Saufgelage nach der Außenlandung mit dem Segelflugzeug bei diesem französischen Bauern vor zwei Jahren.

Und als wir unsere neue Mooney mit Sekt tauften, das Zeug überall in die Lüftung lief, die Kiste im Cockpit heute noch süßlich riecht, halblautes Gelache, hundert schon erlebte Geschichten, mit denen wir uns über das Grau der Arbeitswoche retten.

Auch welche, die wir noch machen müssen.

Es ist weit nach Mitternacht, schweigend sitzen wir um den Tisch, hängen unsern Gedanken und Träumen nach, jeder ziemlich für sich.

Dann sind wir sozusagen die Letzten in unserer Kneipe, die kleine Serviererin beginnt, die Stühle hochzustellen: Fast wie im Film, überlegen wir.

Sie bringt uns zum Schluss noch einen Kaffee, den wir nicht

mehr bezahlen müssen, setzt sich an unseren Tisch, rechnet ab, plaudert.

Wir hauen uns bald darauf gegenseitig nochmal müde auf unsere Fliegerjacken, ein wehmütiges Verabschiedungsritual.

Bis zum nächsten Wochenende.

Blaue Stunde

Für ziemlich verrückt hatten uns schon immer alle gehalten. Wir genossen diesen Ruf natürlich. Und pflegten ihn beharrlich.

Ich weiß nicht mehr, wer je auf diese etwas abgedrehte Idee gekommen ist, aber es spielt ja eigentlich auch keine Rolle mehr.
Irgendwann haben wir halt mal damit angefangen. Seitdem machen wir das eigentlich jedes Jahr.
Es ist beinahe eine kleine Tradition im Frühjahr geworden.
Als wollten wir sagen:
Seht her - Jetzt geht es los. Jetzt. Jetzt endlich!
Als mich mein Wecker um zwei Uhr dreißig in der Nacht aus

dem Schlaf reißt, bin ich vor Müdigkeit noch viel zu benommen, um mein Tun mit ernsthaft rationalen Überlegungen zu überprüfen. Also stehe ich einfach auf.

Draußen ist alles natürlich noch stockdunkel, und als ich in der nächtlichen Küche benommen den Kühlschrank aufreiße, fällt mir ein, dass wir ja auf dem Flugplatz frühstücken wollten. So knalle ich die Tür missmutig wieder zu.

Knurrender Magen, ausgetrockneter Hals: Wenigsten einen Schluck O-Saft. Durchs Bad hasten, die Fliegerjacke von der Garderobe angeln, meine verschlissene Helmtasche mit Headset und sonst allen notwendigen Utensilien liegt griffbereit. Immer.

Schlüssel. Und los.

Meine Nachbarn sind sicher erfreut, als ich mich am frühsten Sonntagmorgen lautstark am Garagentor zu schaffen mache, um kurz darauf mit heulenden Reifen durch die tote Siedlung zu rasen. Kaum ein Auto unterwegs, abgeschaltete Straßenbeleuchtung, leise, sanfte Musik im Radio, ich bin immer noch nicht ganz bei mir.

Gut, dass mein Unterbewusstsein den Weg zum Flugplatz kennt. Der kalte Motor meines Wagens quält sich unwillig - ich fahre aus dem Ort, hier scheint die Nacht noch schwärzer zu sein, alles völlig ausgestorben, unwirklich.

Das Tor ist offen, der schmale Feldweg rüber zu den Hallen. Die wilde Hopserei durch die ungezählten Schlaglöcher vertreibt meine Müdigkeit langsam.

Ich halte vor unserer Blockhütte. Noch niemand da.

Scheißkalt draußen, ich bin froh über meine warme Fliegerjacke.

Nie vorher gemerkt, wie still es nachts hier eigentlich ist.

Ich stehe einen andachtsvollen Moment allein vor der Halle in der feuchten Nachtluft und atme tief durch. Um mich eine verlassene Welt.

Aufschließen, Licht, Heizung und Kaffeemaschine anstellen. Ich setze mich an den großen Tisch, starre durch das Fenster auf das schwarze Flugfeld, kein Geräusch.

Bald nähert sich in der Ferne ein Scheinwerferbündel, ich gehe wieder vor die Tür und muss mir die Hand vor die geblendete Augen halten, als der Wagen auf mich zuhält. Langsam trudeln die anderen ein, bepackt mit Frühstücksutensilien, Karten, Kniebrettern, Kopfhörern. Wir verteilen alles ungeordnet auf dem Tisch, warten maulfaul, dass der Kaffee endlich durchgelaufen ist.

So sitzt also eine ausgesprochen schweigsame Gesellschaft unrasiert um den Tisch, hat Kaffeebecher in der Faust und mümmelt müde an diversem Backwerk herum. Eigentlich hatte erst keiner richtig Lust, aufzustehen, soviel ist klar. Ich krame in der Ärmeltasche nach den Zigaretten.

Endlich kommen wir mühsam in Bewegung: wir suchen unser Zeug aus den Schränken, erste besorgte Blicke auf die Uhr: Viel Zeit haben wir nicht mehr. Durch die kleine Seitentür stolpern wir in den Hangar, der in der Dunkelheit endlose Dimensionen zu haben scheint. Endlich zucken die Neonröhren auf und verbreiten ein anstrengendes künstliches, grünliches Licht. Ein Schalter lässt das Relais des Elektromotors klicken und das rostige Hallentor rattert jaulend langsam nach oben, ein Schwall feuchtkalte Luft strömt herein. Wir ziehen die Bezüge von den Flügeln und Rümpfen der Flugzeuge und schieben sie ins nächtliche Dunkel.

Alles noch still. Kaum ein Wort.

Vorflugkontrolle mit der Taschenlampe, ich schleiche um unsere 337er herum, fühle über die Flächenkanten und die Propeller, bewege die Ruder, öffne Wartungsklappen, leuchte in schmale Öffnungen, zwischendurch immer ein hastiger Blick auf die Uhr.

Der Flugleiter ist auch noch nicht da. Scheiße. Den hatten wir doch gestern noch angerufen.

Hoffentlich kommt der noch.

Die Sekundenzeiger hasten unbeeindruckt über unsere großen Fliegeruhren. Nur noch eine halbe Stunde Zeit.

Verdammt.

Die Plexiglasscheiben der Maschinen sind schon beschlagen, meine Chucks klitschnass vom Tau auf dem knöchelhohen Flugplatzgras. Dann in der Ferne wieder zwei Lichtdolche im Bodennebel, die sich dem Platz nähern. Wenig später klappt die Stahltür des Towers hörbar ins Schloss, in den Flurfenstern flammt warmes Licht auf, Minuten später setzt sich das Dreh-licht auf dem Turm in Bewegung.

Ölstand ist kontrolliert, ich drehe den Prop noch ein paar Mal durch, die gleiche Prozedur auch beim hinteren Triebwerk.

Die anderen stehen im feuchten Dunkel auf den Flächen ihrer Kisten, schemenhaft kann ich ihr Winken erkennen.

Jetzt. Es geht also los.

Endlich.

Ich winke zurück, klopfe meinem Co auf die Schulter und öffne die Tür der Cessna, schiebe mich ins schwarze Cockpit, ziehe die Tür zu. Karten vorne unters Fenster klemmen, Kniebrett aufs rechte Bein, Thermoskanne nach hinten, ich taste nach dem Zündschlüssel, lasse den Hauptschalter klicken, die Gyros fangen an zu summen. Irgendwo der Schalter für die

Instrumentenbeleuchtung. Nach einigem Herumgefingere er-
taste ich das Ding, im roten Schein der Instrumente erkennen
wir schon etwas mehr.

Headset auf die Ohren. Anlassfreigabe?

Die Müdigkeit des Flugleiters ist in seinem Genuschel deutlich zu hören. Wir grinsen uns an: Der hält uns für total be-
kloppt. Aber gut, dass er noch gekommen ist.

Langsam kommen wir in Bewegung, wir finden unsere
Sprache wieder, vertraute Cockpitbewegungen, erstes Gegrinse,
unsere Laune steigert sich, schiebt unsere Müdigkeit immer
weiter weg.

ACL, Position Lights, Avionics aus, Zündschlüssel rum, und
nach ein paar mühevollen cranks hustet das vordere Triebwerk
los, die gleiche Geschichte mit dem hinteren Motor noch mal:
Der Propellerstrahl treibt das Kondenswasser des Nebels
langsam in feinen Rinnsalen über die Frontscheibe.

Wir sind noch durchgefroren, die Cockpitheizung kommt
unfassbar mühsam in Gang.

Ich sehe hinüber zu den anderen Flugzeugen, die Motoren
laufen, ich gehe aus den Bremsen, gebe ein wenig Gas und
rolle los. Über die Wiese zum Start. Zitternd die Kegel des
taxilights. Es wird nicht wirklich wärmer in der Kabine.

Vor mir die Mooney, an den Flächenenden zuckt ihr
strobelight durch die dicke schwarze Luft. Irgendjemand
scheint die Temperaturanzeige meiner Triebwerke an den
Nullmarkierungen festgeklebt zu haben: Die Zeiger und
rühren sich kaum. Fünf Minuten noch.

Avionics on, kurzer radio-check, die anderen melden sich auf
unserer Frequenz. Ich raste die Tower-Frequenz: *Earlybird-
Formation, line up two-six and wait*, knistert die Stimme des

Flugleiters in unseren Kopfhörern.

Etwas Gas, wir rollen sehr langsam auf die Bahn, alles wie lange vorher besprochen, geplant, gebrieft. Vier Maschinen in fingertip-formation: Vorne auf der centerline die Mooney als Nummer eins, mit einer Flugzeuglänge Abstand rechts versetzt dahinter ich als Nummer zwei, links hinter mir die Beech als Nummer drei und rechts daneben die Turbo-Arrow.

Röhrend stehen die Maschinen auf der nachtschwarzen Bahn, die am schwarzen Himmel endet: Kein Horizont zu ahnen.

Noch zwei Minuten.

Take-off-checks. Wir gehen routiniert alles durch.

Knacken im Headset: *Number one is ready*, höre ich, drücke die Sprechtaste: *Two ready*.

Three ready , kurze Pause, *Four ready*.

Frequenzwechsel. Erneutes Knacken: *Tower, Earlybird-Formation ready*.

Roger, QHN 998, Earlybird-Formation is cleared take-off two-six, wind is calm.

Unser lead wiederholt die Freigabe. Knacken.

Frequenzwechsel.

Ich sehe auf den Sekundenzeiger der Borduhr, zwanzig Sekunden noch, ich gehe in die Bremsen, Power-setting für den Start, Blick aus dem Fenster: Auch die anderen Flugzeuge stehen zitternd mit Vollgas auf der nassen Bahn.

Release brakes............now.

Der Sekundenzeiger ruckt über die Zwölf, als sich unsere Maschinen in Bewegung setzen: Genau fünf Uhr und fünfzehn Minuten.

Sonnenaufgang.

In weit auseinandergezogener Formation verlassen wir die Platzrunde, weit hinten am Wolkenrand ein erster, kaum wahrnehmbarer, blasser azurfarbener Streifen, nur sehr wenig heller als das tiefe Nachtblau um uns; ich klebe am Steuerbordlicht der Mooney und folge ihr in die flache Kurve.

Wir steigen weiter, ein paar erste dunkelgraue Wolkenfetzen huschen um unsere Flugzeuge, noch eine sanfte Linkskurve, und dann haben die Wolken endlich überstiegen und ich kneife geblendet die Augen zusammen, so hell ist es hier oben schon.

Die Sonne kriecht als riesiger, gleißender orangeroter Ball im Osten sehr langsam über den Wolkenhorizont in den Himmel. Die Wolken als schwarze, diffuse Masse unter uns, vor mir die glänzende Silhouette der Mooney, die anderen Maschinen mit leicht schwankenden Flächen gestaffelt neben uns, flirrend glitzernde Propellerkreise im ersten Sonnenlicht über einer endlosen, nun unglaublich gefärbten Wolkenebene.

Ich atme tief durch, bin schier überwältigt mit einem Mal, könnte vor Glück laut losbrüllen.

Ich sehe nach links, die Jungs in der Beech winken herüber, ich gebe das Handzeichen weiter, mein Co schlägt sich wie ein Kind auf die Schenkel und strahlt mich an.

Im Tiefflug rasen knapp über die Wolkendecke, wir lassen uns fangen von diesem rauschhaften Traum, von diesen unglaublichen Farben, von der Geschwindigkeit und sind wie betäubt von der Schönheit des erwachenden Himmels.

Die Sonne steigt immer höher und verändert mit ihrem Licht das prachtvolle Farbenspiel fast in jeder Minute. Auf der Wolkendecke unter uns verblasst das konturenlose Grau und nimmt erste Farben an, wirkt federleicht wie ein riesiges

Kissen.

Mein Co hat übernommen, und ich krame hinter meinem Sitz die Thermosflasche hervor, gieße den heißen Milchkaffee in die Plastikbecher und lehne mich entspannt zurück.

Die immer noch weit auseinandergezogene Formation brummt sehr gemütlich durch den Himmel. Ich weiß, dass jetzt alle sehr für sich sind. Dass niemand mehr ein Wort sagt.

Dass jeder durch seine Frontscheiben starrt, als flöge er zum allerersten Mal hier oben. Über den Wolken. In der Sonne.

Dass unsere Gedanken plötzlich da sind, wo sie hingehören.

Dass alle auf einmal ziemlich viel ahnen.

Dass alle diese unwiederbringliche und einmalige Schönheit dieses frühen Fluges in sich aufsaugen. Wie ein Gebet, denke ich kurz.

Und ich muss an die Worte von Richard Bach denken, der einmal sagte, dass alle, die fliegen, irgendwann einmal für dieses Erleben ihre Schulden bezahlen müssen, weitergeben müssen, was sie erlebt haben, und mir wird wieder klar, was die Fliegerei hier oben eigentlich für ein Geschenk ist.

Die Sonne ist jetzt schon blendend hell, ich sehe die glitzernden Reflexe an den vorausfliegenden Maschinen, schalte die Instrumentenbeleuchtung ab, langsam ändern wir den Kurs, die ganze Formation schwenkt ruhig und sauber ein, ich weiß, was jetzt kommt: auf dem Rückflug das immer gleiche Spiel.

Wir lassen unser Adrenalin steigen.

Langsam drücken wir die Maschinen hinunter auf die farbenprächtige Wolkendecke, wir schnallen uns fester an, schieben den Gashebel millimeterweise nach vorne und schließen in der Formation immer weiter zueinander auf. Den Blick starr auf die Fläche des Vordermannes gerichtet, schachteln wir unsere

Formation enger zusammen, kleben förmlich aneinander und rasen mit wahnsinniger Geschwindigkeit über die Wolkenbänke, nehmen jede Kontur mit.

Cloud surfing.

Der Kick. Hochkonzentrierter Geschwindigkeitsrausch.

Die erste Maschine wechselt mit leichter Querneigung erneut den Kurs, die Nadel auf dem ADF schwenkt in Flugrichtung: wir fliegen auf *unser* NDB zu, bald haben wir unseren Platz wieder unter uns.

Immer noch kleben wir dicht an der nun wieder grauen Wolkendecke, tief und rasend schnell, angespannt warten wir auf das Signal.

Unsere Glanznummer, auch jedes Jahr das Gleiche.

Es knistert im Kopfhörer und wir wissen, dass sich jetzt die erste Maschine meldet: *Standby for countdown, acknowledge.*

Nach dem jeder sein *check!* ins Mikro gepresst hat, entsteht eine konzentrierte Pause, alle Augenpaare huschen noch mal über die Instrumente, durch den Luftraum.

Gleich, gleich...

Split off – tree, two, one ....now!

Zügig ziehe ich das Steuer an mich und die Cessy steigt weg wie eine Rakete, unter mir sehe ich die anderen Maschinen auseinanderstieben, als hätte der Blitz in die Formation geschlagen, mein Höhenmesser läuft wie eine Uhr, grölend lege ich die Maschine auf die Fläche, und overbanking in eine Kurve, wir steigen immer noch, noch ein kleines bisschen mehr bank für einen angetäuschter Abschwung, wir tauchen ab, ich fange sanft ab, der Fahrmesser satt im Gelben Bereich und Minuten später jagen ausgelassen hintereinander her: Alle

Hebel auf dem Tisch, die Uhren fast am Anschlag, spielen miteinander, jagen uns, überholen, kreisen, tauchen und schießen wieder weit in nach oben in diesen hellen, wunderbar blauen Himmel.

Dann sammelt sich die Formation wieder. Stück für Stück. Bis alle wieder an ihren Positionen sind.

Und schließlich sind wir wieder kurz über den Wolken und gehen auseinandergezogen mit flacher Sinkrate durch die ersten Fetzen um uns. Eine graue Wand, die immer dunkler, immer trister wird.

Zurück in eine andere Welt.

Trübsal unter den Wolken, es regnet in Strömen, als wir uns im Anflug melden: *Earlybird-Formation in one-thousand, tree minutes out, for landing.*

Wo kommt ihr denn her? fragt der Controller auf deutsch betont gelangweilt.

Von da oben, antwortet eine sonore Stimme ziemlich trocken, und ich muss grinsen.

Der erste Flug

Ein Schattenriss, dachte er. Der Windsack zeichnete sich scharf gegen den sanft roten Horizont des Abendhimmels ab. Über ihm wölbte sich tiefes Blau.

Er sah sie dort stehen, regungslos an den Mast des Windsacks gelehnt, den Kopf gesenkt, ihre langen Haare fielen herab, verdeckten das Profil ihres Gesichts.

Er stand sehr lange einfach da, regungslos an das kalte Blech des Hallentores gelehnt, die Hände tief in den Taschen seiner Fliegerjacke. Er sog dieses Bild noch einmal in sich auf, und er spürte plötzlich, dass es keinen Schmerz mehr in ihm hervorrief. Er schüttelte den Kopf und lachte leise, drehte sich weg und ging langsam zu seiner Bellanca Scout, die dort im wogenden Gras stand, setzte sich auf den Reifen, stützte seinen Kopf in die Hände und sah in den Abendhimmel.

Der Motorblock knisterte leise.

Alles vorbei.

Ganz plötzlich, wie ein unerwarteter Regenguß. Sie glaubten, dass sie sich gut kannten. Jedenfalls glaubte er das. Er hätte es ahnen müssen, darüber war er sich jetzt klar. Viel früher.

Er wusste nicht einmal, warum sie einfach gegangen war. Plötzlich wies sie ihn ab. Ganz einfach so. Kein vorangegangener Streit, nichts. Keine vernünftige Begründung. Er war unvorbereitet und verstand nichts mehr. Doch dann verspürte er den Schock sehr deutlich und wachte auf. Er begann nach Lösungen zu suchen, machte Pläne, beobachtete und interpretierte, überdachte alles sehr sorgfältig. Und nochmal. Und nochmal.

Aber das blieb ohne Wirkung. Wie überflüssig.

Er erkannte den Fehler nicht und begann, ihr Wesen zu übersehen und lief in die falsche Richtung. Als wäre er blind, wie früher.

Er fühlte sich nicht verstanden. Er drehte sich nur um sich selbst, nahm sich in Schutz. Alles versucht. Alles.

Die langen Diskussionen der vergangenen Abende, vollgestopft mit Trauer, Eifersucht und Angst.

Endlose Telefongespräche, Briefe. Selbstgerechte Patentrezepte.

Sie schien nicht zu begreifen, nichts, wies ihn ab, immer konsequenter, ging bald jedem Erklärungsversuch aus dem Weg.

Es war für ihn unbegreiflich, er konnte sich nichts mehr erklären fühlte sich ganz verloren.

Doch es wurde noch schlimmer.

Sie zog sich weiter zurück, wich aus.

Er erkannte sie nicht mehr wieder.

Sie wurde mit jeder Begegnung sprachloser, unerreichbarer. Es war ihm, als hörte sie nur noch in sich hinein. Er hatte den Eindruck, als würde sie einfach alles aufgeben.

Ohne jeden Grund.

Es war ein Fall ins Nichts.

Dann riss der Kontakt endgültig ab.

Aber er gab nicht auf. Er konnte nicht.

Mehr aus Verzweiflung über seine eigene Einsamkeit, auch das wusste er jetzt.

Er sprach mit seinen Freunden, suchte Hilfe, aber das brachte ihn nicht weiter: oberflächliche Sprüche, wohlmeinende Ratschläge, Mitleid, gute Reden, die nichts nützten. Sie nahmen ihm seine Entscheidungen nicht ab, keine Antworten auf sein Sehnen und seine Hoffnungen. Dumme Einschätzungen. Mitleid. Er fühlte sich alleingelassen.

Dann entdeckte er Ablenkungsmanöver: Parties, Saufgelage auf anderen Flugplätzen, Wochenendausflüge zu alten Freunden, Dinge, die er lange nicht mehr getan zu haben schien.

Doch ohne dass er es wollte, wurde er immer wieder von ihrem

Bild eingeholt, Erinnerungen wuchsen vor ihm auf und wurden groß und seine Einsamkeit wurde nur noch vollkommener.

Er zögerte sehr sehr lange, und es war der letzte Versuch, den er sich zugestand. Viele Nächte voll wirrer Träume.

Er hatte sich lange und sehr genau darauf vorbereitet, und es hatte ihm höllische Angst gemacht.

Lange saß er vor dem Telefon, wägte Worte ab, legte sich Fragen und Antworten zurecht, wieder und wieder, überlegte noch ein letztes Mal; seine Finger zitterten, als er ihre Nummer wählte.

Wenige Worte. Fast belanglos.

Ihre Zustimmung klang gleichgültig, und doch krallte er sich nur an ihre Zustimmung, um seine letzte Hoffnung nicht zu verlieren.

Aber eigentlich war er sich auch darüber im Klaren und betrog sich wieder.

Er hatte noch einmal mit ihr fliegen wollen, hatte die irre Hoffnung, noch einmal zu ihr durchzudringen.

Sein Herz raste wie beim ersten Treffen, als er mit dem Wagen vor der Tür stand, hupte, um sie abzuholen.

Viel zu früh. Seine Anspannung kostete ihn fast seine letzte Kraft, er sah sie aus der Tür kommen, braune Wildlederjacke, weinrote Jeans, die langen Haare. Wie sonst auch, dachte er und es fiel ihm schwer, einfach nur da zu sitzen.

Unsichere Begrüßung, unruhige Blicke. Kein Wort während der Fahrt zum Flugplatz.

Wie selbstverständlich, dachte er, als sie mit gewohnten Handgriffen half, die Bellanca startklar zu machen.

Wie früher...

Der Motor röhrte los, er drehte sich halb um, sah, wie sie sich das Headset über die langen Haare schob, schaltete die Intercom auf und hörte ihren Atem im Kopfhörer.

Er setzte die Klappen, schob das Gas zügig nach vorne, die Maschine sprang über die Grasnabe und flog davon.

Klappen, Steigflug, Drehzahl, Steigleistung. Mechanisch führte er seine Handbewegungen aus, saß eigentlich nicht im Flugzeug, ließ nur seinen Körper die vertrauten Bewegungen ausführen.

Bald erreichten sie die Untergrenze der lockeren Cumulusbewölkung, flogen über den ersten Fetzen in das strahlende Blau.

Level off.

Bist Du noch da, fragte er und es kostete ihn Überwindung.

Ja, sagte sie kaum hörbar und ihre Stimme schien ihm schwer und belegt. Unendlich traurig.

Er blinzelte in die grelle Sonne, wendete das Flugzeug.

Es ist so schön hier oben, hörte er sie leise durch den Kopfhörer, und auch seine Traurigkeit wurde größer. Tief und schmerzhaft.

Nachtwandlerisch steuerte er die Maschine um die Wolkentürme, kämpfte mit den Tränen und mit seinen Erinnerungen an die Vergangenheit, versuchte, ihre Gedanken zu überlegen, aber es gelang ihm nicht.

Warum konnte er nicht fühlen, was in ihr vorging? Fragen.

Er fühlte sich überfordert.

Die Bellanca dröhnte sonor über die Wolkendecke, die Zeiger der Instrumente vibrierten.

Früher waren sie wie ausgelassene Kinder durch den Himmel

gejagt, so selbstverständlich war alles; ihre Leichtigkeit hatte ihn immer beeindruckt. Wie einfach doch alles sei kann, dachte er.

Als er die Maschine für einen Kurswechsel sanft auf die Fläche legte, drehte er sich wieder halb um, sah, wie sie hinter ihm in der Maschine saß: Den Kopf in die Hände gestützt sah sie nach oben in den Himmel, die Haare zerzaust, sie hatte das Headset abgenommen, es baumelte nutzlos an einer Strebe. Er sah, dass ihre Augen feucht glänzten, er sah, wie ihre Tränen im Motorengedröhn still auf ihrem sanften Gesicht rannen und wandte sich ertappt ab.

Dann erkannte er seine Begrenztheit und erschrak.
Es war, als sei eine Last von ihm gefallen.
Er wurde langsam ruhiger, wie von selbst.
Er trennte sich von allem: seiner Angst, seinem Egoismus, seinem Selbstbetrug, seiner Trauer.

Er trennte sich auch von ihr.

Er konzentrierte sich wieder auf das Flugzeug, fühlte die Bewegungen, sah auf den Horizont und auf die endlose Wolkendecke, er spürte seine Freiheit wieder.
Und jetzt fühlte er auch ihre Freiheit, er erkannte den Käfig, in den er sie gesperrt hatte, er erkannte ihre Einsamkeit und ihre große Verletzlichkeit.
Er hatte es geschafft.

Er bewegte die Scout sehr sanft durch den Himmel, leitete den Sinkflug ein und bald verschwand das kleine Flugzeug durch eine Wolkenlücke irgendwo nach unten.

Wenig später landete die Maschine auf der Grasbahn, rollte aus. Der Motor röhrte noch einmal auf, der Propeller drehte ein paar Mal leer, ein klackendes Geräusch.

Er öffnete die Kabine, stieg aus und half ihr aus dem Flugzeug.

Lass mich ein wenig gehen, sagte sie, ohne ihn anzusehen, und er nickte.

Er beobachtete, wie sie zum Windsack ging und sah ihr hinterher.

Ich habe sie verloren, dachte er.

Cat Bravo Yankee

Diese Geschichte ist für mich nach wie vor unglaublich. Unglaublich deshalb, weil es eine Geschichte ist, in der sich durch viele - offensichtlich miteinander verknüpfte - Begebenheiten etwas plötzlich erfüllt.

Es ist eben eine dieser Begebenheiten, die jeder aus Filmen oder Geschichten kennt. Nach dem man davon gelesen oder sie gesehen hat, bleibt oft der Gedanke: schöner Film.

Oder: schöne Geschichte. Ausgedacht eben.

So was gibt´s ja eigentlich nicht.

Doch.

Meine Geschichte beginnt im Sommer des Jahres 1973.

Ich war vielleicht dreizehn Jahre alt und fuhr in diesem
Sommer - wie bereits die Jahre zuvor - zusammen mit meinen
Eltern und meinem jüngeren Bruder in den Ferien mit der
Bahn für ein paar Wochen an die Ostsee. Genauer gesagt:
An die Lübecker Bucht. Fast genau in der Mitte an der
Küstenlinie liegt der kleine Ort Scharbeutz.
Mit Platzkarten versehen fuhren wir im eigenen Abteil bei Tee,
Wurstbroten und Obst gen Norden und stiegen in Lübeck in
eine kleine Regionalbahn um, die uns nach geraumer Zeit an
den kleinen Küstenort brachte.
Im Souterrain eines Ferienhauses, das irgendwo in der süd-
lichen Peripherie des Ortes lag, hatten meine Eltern eine
winzige Wohnung gemietet, mit Küche und allem Drum und
Dran.
Zum Strand führte uns der Weg direkt durch den Ort, wir
hatten dort einen eigenen Strandkorb mit obligatorischer
Sandburg inmitten einer Ansammlung unzähliger anderer
Strandkörbe mit obligatorischen Sandburgen.
Schlauchbootbewehrt ließ sich an warmen Tagen dort viel Zeit
auf dem Wasser verbringen, es gab eine Seebrücke, an der
regelmäßig Ausflugsdampfer hielten - wir kreuzten dort
abenteuerlich mit dem Schlauchboot zuweilen: Es war eine
Herausforderung, bei - uns erheblich erscheinendem -
Wellengang zwischen den muschelbesetzten Stützen herum zu
manövrieren.
Abhängig von der Windrichtung gab es zuzeiten jede Menge
angespülte Quallen, die wir gerne als Wurfgeschosse ein-
setzten, es gab Besuche von Freunden der Eltern, die (für mich
uninteressante) meist verliebte Töchter mitbrachten, und es
gab verschiedenste Strandspaziergänge nach Haffkrug oder gar

zum Timmendorfer Strand.

Ansonsten ein recht langweiliger Ort.

Ein highlight war jedoch der Besichtigungstag der Marine: ein Zerstörer oder eine Fregatte lag auf Reede in der Bucht, ein Beiboot brachte von der Seebrücke aus im Takt neugierige Besucher an Bord. Viel interessanter für mich jedoch war die H-34 der Marineflieger, die dann täglich mit deutlichem Getöse zwischen Strandallee und Düne aufzusetzen pflegte und dann gleichfalls zu besichtigen war. Von mir, vorzugsweise. Und täglich neu.

An Tagen mit schlechtem Wetter bot der Ort die übliche Tristesse dieser Badeorte: Mal ging es zum Essen ins beliebte Fischrestaurant, mal in die *Milchbar* an der Strandallee, mal konnten wir uns ein schrilles Pop-Art-Bild erstellen, indem wir in einem kleinen Laden Arcylfarbe auf ein Papier spritzen konnten, das in einem Behälter rotierte.

Und es gab ein Kino.

Ich stand oft vor den Werbefotos in den Glaskästen. Eines Tages nun wurde ein neuer Film angeschlagen: *Zwei Himmelhunde auf dem Weg zur Hölle.*

Hinter dem für mich damals ziemlich beeindruckenden Titel ver-barg sich einer der Klamauk-Prügelfilme mit Terence Hill und Bud Spencer, die zu dieser Zeit wie eine Art Fließbandware die Kinos halbjährlich überschwemmten.

Aber mein Interesse war durch die ausgehängten Fotos in den Glaskästen geweckt: Flugzeuge! Da waren Flugzeuge zu sehen!

Das Wetter war schlecht, und so war es mir kein besonderer Aufwand, von meinen Eltern das erforderliche Kino-Geld zu erbetteln. Ich machte mich also durch den Nieselregen auf zur

Strandpromenade in Richtung des Kinos und saß ein paar Stunden später mit gespannter Neugierde in der Nachmittagsvorführung.

Die Handlung des Films ist natürlich schnell erzählt: Plata und Salud sind zwei kleine Gauner, die in Südamerika für Saluds ewig betrunkenen Bruder Versicherungsbetrügereien durchführen, indem sie irgendwelche alten Flugzeuge im Dschungel *notlanden*.

Schließlich gründen sie im Dschungel ein Zulieferunternehmen für die Schürfer, die dort unterwegs sind, und fliegen mit einer klapprigen Hippie-Boeing Stearman allerlei Begehrlichkeiten auf ein Hochplateau. Ein alternder Schürfer, ein Widersacher und eine Edelsteinmine führen dann zu diversen Verwicklungen. Und Schlägereien. Soweit, so gut.

Schon die Eingangssequenz beeindruckte mich damals schwer, als die pinkfarbene Dakota mit brennendem Steuerbord-Triebwerk über den Dschungel zog und schließlich eine reichlich unorthodoxe Landung auf dem belebten Airport in Rio de Janeiro hinlegte, fast ungebremst in einen Hangar rauschte, dort eine T-33 zerlegte und schließlich rauchend zum Stehen kam.

Die Piloten schienen mit wirklich allen Wassern gewaschen, wie sie unter dem nach unten klappenden Höhenruder der Dak mit obercoolen Sprüchen und abgerissener Garderobe den Hangar verließen.

Und dann: Die Catalina.

Ich verliebte mich in die PBY in dem Moment, als Terence Hill seine Harley auf dem Vorfeld abstellte und mit spiegelnder Pilotenbrille um das Flugboot lief.

Ich verliebte mich in dieses Flugzeug auch in dem Moment, als die Cat die Runway hinabrauschte und in den Himmel stieg, träge verschwand das Fahrwerk in den Schächten. Die wenigen Flugaufnahmen zwischen Macapá und Santarém, ein paar Einstellungen aus dem Cockpit, die crash-Landung auf der Dschungel-Lichtung.

Ich war hin und weg.

Was musste das für ein Gefühl sein, mit einem derart großen Flugzeug fliegen zu können, das sogar auf dem Wasser landen konnte. So eine wunderbare Maschine!

Der Film nahm seinen Verlauf, ich quälte mich etwas durch die Handlung. Zwar flogen im weiteren Verlauf der Prügelgeschichte noch diese albern lackierte Stearman, eine Beaver, eine betagte Cessna 150A und eine HS 748 herum, aber die Catalina hatte mich wirklich am tiefsten beeindruckt.

Der Urlaub ging zu Ende, wir fuhren zurück in die niedersächsische Provinz. Wieder zu Hause fand ich schnell heraus, dass der Film immer noch im *Regina* - Kino unserer Stadt gespielt wurde, und so saß ich natürlich bald wieder vor der Leinwand, auf der die PBY erneut donnernd in den südamerikanischen Himmel kletterte.

Was hätte ich alles darum gegeben, einmal mit einer solchen Maschine fliegen zu können!

Aber das war schlicht unerreichbar: Das waren alte Flugzeuge aus dem Krieg, die - wenn überhaupt - schon gar nicht mehr hier in Deutschland zu finden waren. Und: Selbst wenn? Wie hätte ich bloß in die Nähe einer solchen Maschine gelangen können - von einem Mitflug ganz zu schweigen?

Wie?

Vielleicht klingt es etwas theatralisch, aber in mir wuchs etwas heran, das mich fast sehnsuchtsvoll mit diesen alten Maschinen zu verbinden schien. Sie übten seit jeher einen sehr großen Reiz auf mich aus - ich war sehr tief beeindruckt von dem Wunder dieser großen, alten Flugzeuge.

Und ich träumte mich oft weg:

So war mein neuer Talisman ein Lederband, an dem ich einen Flaschenöffner um den Hals trug - gerade so, wie Plata im Film. Ich sah mich oft im Cockpit der Cat, oben über der Kabine etwas hinter mir donnerten die großen Sternmotoren mit silberglänzenden Propellerkreisen und ich hielt die Gashebel am overhead-panel mit der rechten Hand fest und sicher umklammert.

Ein Traum. Mein Traum.

Die Jahre gingen.

Sie brachten mir zunächst meine klägliche Schulkarriere und das damit verbundene vorzeitige Ende meiner Segelflugausbildung.

Aber die Cat vergaß ich nie.

Ich machte meinen Schulabschluss nach, Ausbildungen, schließlich das Abitur, erneut begann ich mit der Fliegerei auf dem Segelflugplatz.

Und dort war auch Bill. Bill war Schlepppilot, flog sonst C-160er auf einem benachbarten NATO-Platz und war ein im angenehmen Sinne ein reichlich durchgeknallter Typ.

So flog er leider auch beispielsweise aus dem Offiziers-Wohnheim im Stützpunkt, weil er große Sternmotoren-Teile seiner Boeing Stearman auf der Stube reparierte und dabei auf dem Teppich gewaltige Ölflecken hinterließ. Als Konsequenz schließlich hausierte er unter einer Plane bei seiner Stearman in einem Hangar des Stützpunktes. Seinem Ruf tat das keinen

Schaden: Wenn überhaupt jemand wirklich sehr sehr gut fliegen konnte (und das eigentlich mit jeder Maschine!), dann war das Bill. Für uns war er der Freak überhaupt. Also ein Vorbild. Ein echtes.

Ich erinnere mich an noch sehr gut an meine F-Schlepp-Prüfung: Es war Herbst und wirklich mieses Wetter, wir hatten ganz sicher in Böen mehr 15kts reinsten Seitenwind und Bill sagte nur: *Bleib einfach hinter mir. Ich pass schon auf Dich auf.* Also kasperte ich hochkonzentriert in der alten, bockenden KA-7 mit allen Rudern immer irgendwo am Anschlag durch die unerwartet bösartigen Lee-Wirbel unseres Haus-Hanges und versuchte - den laut fluchenden Fluglehrer hinter mir - die im Tiefflug tanzende Schleppmaschine einigermaßen sauber vor mir zu behalten.
Nach der Landung samt bestandener Prüfung kam Bill zu mir und grinste nur: *Siehste. Ging doch. Bei schönem Wetter können's alle.*, haute mir wüst auf die Schulter und verschwand in der Halle.
Ich platzte fast vor Stolz. Wenige Monate später hatte ich meine Pilotenlizenz in der Tasche.

Aber die Cat vergaß ich nie.
Ich absolvierte mein Studium, kam durch meine Fliegerei sehr, sehr viel herum. Ich nahm mit meinen Jungs alles mit, was sich auch nur irgendwie um Fliegerei drehte. So fuhren oder flogen wir wie selbstverständlich auch zu großen Airshows. Ramstein war das heißeste Ding, damals. Dort war wirklich alles zu sehn. Alle wollten wir dorthin, und so planten wir auch in jenem Jahr.

Zwei Tage vorher kippten wir die Entscheidung aus irgendwelchen Gründen und fuhren stattdessen nach Celle, das
zudem nicht so weit entfernt war: auch dort war eine Airshow
angesagt. Immerhin sogar mit den *Red Arrows*. Vielleicht war
es unser Glück: Am selben Tag geschah in Ramstein das
tragische Unglück mit den *Frecce Tricolori*...
Aber als ich Celle auf der Ramp stand, ahnte ich natürlich
noch nichts davon. Wir schoben uns ungeduldig durch die
Besucher, um so nahe wie möglich an die BF-109 heranzukommen, die - frisch restauriert - bald vorfliegen sollte,
während über uns eine Saab Draaken eindrucksvoll bewies,
dass sie wohl den lautesten Nachbrennersound aller Jets hatte,
die ich jemals fliegen sah.

Und dann sah ich sie weit hinten schemenhaft in der
flirrenden Hitze des Vorfeldbetons neben einer Halle stehe:
Eine Catalina.
Nicht zu fassen. Natürlich versuchte ich sofort fieberhaft herauszufinden, was es mit der Maschine auf sich hatte.
Würde sie fliegen? Woher kam sie? Welche Crew gehörte
dazu? Ich löcherte die schulterzuckenden Ordner an der Absperrung, die Blondine im Info-Zelt war mehr für verloren-
gegangene Familienangehörige zuständig und an der Wache
endlich wies man mir den Weg zum militärisch abgeriegelten
OPS-Zelt, zu dem ich - erwartungsgemäß - keinen Zugang
erhielt.
Das einzige, was ich schließlich herausfinden konnte, war, dass
die PBY aufgrund eines Triebwerksschadens nicht am Flugprogramm teilnehmen konnte und wegen der bevorstehenden
Reparatur auch nicht an der flightline ausgestellt wurde.

Und: Ein Militärflugplatz. Keine Chance, aufs Vorfeld zu kommen, geschweige denn in die Nähe der Cat. Keine Chance. Aber ich war nicht enttäuscht.
Und ich dachte wieder an den Film.

Ein paar Jahre vergingen und gelegentlich hatte ich immer mal wieder die Cat im Kopf. Ich flog und flog, machte ein paar ratings, begleitete einen Freund als Co in einer Piper Cayenne ab und zu ins Ausland, und flog und flog und flog. Segelflug in Alpen und in den Pyrenäen, dann Kunstflug, ich machte auch noch den UL-Schein und flog und flog. Und flog. Ich saß zum ersten Mal in einer T6, kletterte das erste Mal ganz benommen in einer B-25 herum und ließ mir auf verschiedenen Flugtagen, die ich besuchte, zu meiner größten Freude alle möglichen Warbirds um die Ohren heulen.
Eine Cat sah ich aber nie wieder.
Ab und zu dachte ich aber immer noch an dieses großartige Flugzeug, spätestens nach Steven Spielbergs *Always* mit seinen großartigen Bildern über die alten Maschinen, die nun ihren Dienst bei den Firefightern versahen.
Die Cat.
Aber die Dinge nahmen ihren Lauf. Wieder unerwartet und mit vielen Wendungen.
An einem regnerischen und sehr trüben Herbstabend rief mich ein guter Freund vom Flugplatz an. Ich muss dazu sagen, dass ich damals bei einer Lokalstation in der Nachbarstadt jobbte und spät abends ein paar Musiksendungen im Radio moderierte.
Er erzählte mir nun, dass sein Fliegerclub einen kleinen Flugtag organisieren wollte. Er fragte mich, ob ich nicht vielleicht

aufgrund meines Radio-Jobs Lust hätte, dort ein wenig zu moderieren. Ich musste nicht lange überlegen und sagte schnell zu.

Als der Termin heranrückte, bereitete ich mich gründlich vor und erklärte an einem strahlenden Sommertag den vielen Besuchern des kleinen Flugtages bei blauem Himmel viel über die Flugzeuge und die Fliegerei. Alles lief überraschend gut, mein Freund und die Leute waren zufrieden und ich war es schließlich auch.

Dann - es dauerte nur ein paar Tage - rief er mich mich erneut an: Er sei in Kontakt mit einem großen überregionalen Airshow-Veranstalter, dem der Moderator unerwartet ausgefallen sei. Er hätte mich empfohlen. Ob ich den nicht mal anrufen wolle.

Ich holte tief Luft.

Ich kannte genau diese Veranstaltungen gut: Alles hochprofessionell organisiert, oft mit 60.000 Besuchern und mehr. Und ich dachte: Verdammt. Das ist wirklich ´ne Nummer zu groß für mich. Das schaffe ich doch gar nicht. Das ist was völlig anderes. ´Ne Nummer zu groß eben.

Aber mein Kumpel redete ohne Ende auf mich ein und ließ überhaupt nicht locker. Was sollte ich machen?

Reichlich nervös rief ich noch am selben Tag unter der Nummer an, die mein Freund mir gegeben hatte.

Ein wirklich ausgesprochen nettes Gespräch, wie sich schnell herausstellte; wir wurden gleich einig, tauschten Kontaktdaten und wieder ein paar Tage später hatte ich die Ablaufpläne für eine wirklich große Airshow auf dem Tisch: Zwei Tage Moderation, Hotel und bei Zufriedenheit auch einiges Geld. Whow! Atemlos und wie von Sinnen bereitete ich mich vor und saß vier Tage später in meiner klapprigen Karre auf dem Weg in Richtung Osten.

Diese Veranstaltung war für mich ein absolut unerwarteter Glückstreffer - der Veranstalter war mit meiner Moderation derart zufrieden, dass er mich sofort für fünf weitere Airshows buchte.

Das war erst mal völlig unfassbar für mich. Ganz unglaublich.

Ich hatte das komplette Vorfeld für mich, konnte an alle Maschinen, war schnell an vielen Planungen beteiligt, saß abends beim beer-call mit allen Piloten zusammen und hatte das Glück, gelegentlich in dem einen oder anderen Warbird oder Oldtimer mitfliegen zu können, ab und zu sogar als Co.

Und dann.

Bei meiner dritten Show auf einem alten Russenplatz in der Nähe von Berlin passierte es dann.

Ich erinnere mich sehr gut: Ich war gerade angekommen; es war ein recht warmer Freitagabend im Frühsommer und ich schlenderte gut gelaunt an den Absperrungen entlang, begrüßte diesen oder jenen, der schon gelandet war. Vielleicht gleich ein kaltes Bier nach der langen Fahrt, dachte ich noch.

Dann hörte ich dieses Geräusch und suchte sofort den Horizont ab. Das waren wenigstens zwei Pratt & Whitney's!

Ich schärfte meine Sinne. Ganz klar: Eine recht langsam fliegende Maschine. Noch weit weg.

Und jetzt sah ich sie im milden Gegenlicht dieses großen Sonnenuntergangs als Silhouette in die Platzrunde einfliegen: Die PBY. Eine Cat!

Und ich wusste nichts davon! - Offensichtlich hatte sie jemand in der Kopie meines run-downs vergessen.

Ich stütze mich an einem Absperrgitter ab, als die Maschine mit ausgefahrenem Fahrwerk dunkel brummend in den Queranflug drehte und wenige Minuten später mit leerlaufenden Triebwerken und diesem leicht versetzten, doppelten Quietschen ausgesprochen gelassen und sanft auf dem Hauptfahrwerk aufsetzte.

Sie rollte vielleicht nur fünfzig, sechzig Meter von mir entfernt langsam ab, und ich kam aus dem Staunen gar nicht mehr heraus.

So stand ich also noch wie angenagelt an diesem Absperrgitter, als die Cat mit jaulenden Bremsen auf meiner Höhe zum Stehen kam und kurz ins Bugfahrwerk eintauchte.

Das Betriebsfunkgerät in der Beintasche meiner Kombi quäkte los und es dauerte eine Weile, bis ich verstand, dass der call mir galt.

Umständlich und wie betrunken angelte ich das Gerät aus meiner Fliegerkombi und bestätigte. Es war der Tower.

Du stehst da grad ganz gut, kannst Du mal bitte grad die Catalina auf den nächsten spot einweisen? quäkte es wieder und ich dachte, mir fällt gleich die Funke aus der Hand.

Ich grunzte nur *Roger*, sprang sofort elegant wie nie über das Absperrgitter, hob die Hand kurz in Richtung Catalina und rannte wie ein Irrer los, winkte die Cat in die nächste Parkbucht ein. Dann stand sie in den Bremsen, die Motoren röhrten noch einmal kurz auf, dann drehten die großen Propeller leer und die Zylinder liefen geräuschvoll aus.

Einige Geschäftigkeit im Cockpit, dann schob sich backbord das obere Kabinenfenster auf und die französische Besatzung kletterte behände über Stiegen, Haltegriffe, Vorsprünge und schließlich über das Hauptfahrwerk auf den Vorfeldbeton, ein paar Taschen flogen von oben gezielt aus dem Cockpit und wurden unten aufgefangen und schließlich waren alle um mich versammelt.

Die Crew begrüßte mich bestens gelaunt in gebrochenem, aber gut verständlichen Deutsch. Händeschütteln, Schulterklopfen. Nachflug. Bremsklötze ans Hauptfahrwerk, noch mal aufentern und die Ölauffang-Eimer unter die Triebwerke hängen. Ich war besessen und die ersten Eindrücke haben sich tief mir eingeprägt: Das feine Knacken und Knistern in den abkühlenden Triebwerken, die langen, weit geschwungenen Nietenreihen auf dem Rumpf, die silbrige Farbe auf dem Blech, die hier und da spröde abblätterte; die gigantischen Tragflächen, die den Beton weit überspannten; die Abgasspuren entlang der Motorgondeln, die kleinen schwarzen Ölrinnsale, die sich hinter den offenen cowl-flaps den Weg über das Metall suchten; die großen Beobachtungkuppeln am Heck und das diamantförmige Muster des Profils auf den mächtigen Reifen des Hauptfahrwerkes. Ich weiß das alles noch ganz genau. Ich kam nicht umhin, einige Male um diese Maschine zu laufen, als müsste ich mir jedes Detail einprägen.

Fast herzklopfend: Ob ich mal ins Cockpit könne?

La porte est ouverte bekam ich zu hören.

Und: Da über das Hauptfahrwerk und über die Griffe oben auf den Rumpf steigen und von oben das Fenster aufschieben und dann reinklettern. Und: Zumachen nicht vergessen.

Es war eine ganz schöne Turnerei, bis ich schließlich über dem Cockpit stand, das obere Kabinenfenster aufschob und mich abgestützt auf den linken Sitz nach unten gleiten ließ, schließlich saß.

Und es ist immer noch dasselbe: Diese alten Cockpits wirken auf mich auch heute noch unglaublich charmant: Nichts von der unterkühlten Sterilität der glänzenden Multifunktions-Mäusekinos, die Computer-Tästchen rundum gesäumt sind, nichts von den gesichtslosen Digitalanzeigen mit ihren albernen Reglern.

Hier sieht es nach althergebrachter und ordentlicher Cockpit-Arbeit aus: Ein wohlgeordneter Uhrenladen, der nicht mal un-übersichtlich wirkt, alles genau dort, wo es hin muss.

Und jedes mal Mal wieder, wenn ich lange und fast verträumt in diesen alten Cockpits sitze, ist es mir, als würden die halb abgeblätterten Beschriftungen auf dem schwarzen Armaturen-brett ihre eigenen Geschichten erzählen wollen, die spiegeln-den Scheiben der großen analogen Instrumente, unter denen sich Skalen und Zeigerwerke wie aus einer anderen Epoche abbilden, jede schwarze Stellschraube zeigt irgendwo blanke Abriebstellen auf dem Metall, die auf viele Flüge hindeuten, Schalter scheinen hier noch Schalter zu sein, Fahrwerks-leuchten prangen hinter großen gläsernen Fassungen; die auf-wändige Konstruktion der Gashebel, Gemischregler, Prop-Verstellung und Trimmkurbeln rechts über mir lassen ein Ge-flecht von blanken Steuerseilen nach hinten über viele Um-lenkrollen verschwinden; ein anachronistischer Schaltkasten mit altertümlich anmutenden Voltmetern, Sicherungen, Reihen von Kippschaltern und Lüftungsschlitzen hinter mir. Vor mir das gewaltige Doppelsteuer-Gestänge: Ein massives U-förmiges Rohr, an dem die lenkrädergleichen Steuerräder montiert sind, in der Mitte der klobige Schaltkasten für Triebwerks- und Beleuchtungseinstellungen, unten daran ein großer Magnetschalter mit dem Durchmesser einer Untertasse.

Die Seitenruderpedale sind keine dürren Trittflächen aus angerautem Plastik, sondern verlangen mit ihrem massiven Gestänge für Bremsen und Ruder nach kräftiger Fußarbeit. Tief unten mit grüner, korrosionshemmender Farbe getünchtes Blech und genietete Spanten, die nach vorne im Dunkel des Bugspriets verschwinden. Über allem schwebt oben auf dem Cockpit-Panel der obligatorische Schnapskompass, in dessen reichlich ramponiertem Metallgehäuse hinter einer dicken, stark gekrümmten Glasfront ein beschrifteter schwarzer Ball mit kaum noch erkennbaren Kompasszahlen dümpelt. Samt unleserlicher Kompensationstabelle - ein kleines, verblichenes Kärtchen steckt in der verbogenen Aluminiumhalterung.

Das neue Funkgerät samt Transponder mit den Digitalanzeigen und auch der kleine GPS- Empfänger wirken wie völlig deplazierte Fremdkörper in diesem Cockpit, das mehr als ein halbes Jahrhundert alt ist. Ein Stilbruch.

Rechts und links von mir neben den durchgesessenen Polstern auf den Sitzen nichts als nackte Spannten, Leitungsbündel, Kabel-bäume, die am grünlichen Blech unter den Seitenfenstern kleben; das nachträglich montierte Aufschaltgerät scheint hier auch nichts zu suchen zu haben. Die am Blechrahmen vernieteten Scheiben sind auch nicht mehr ohne Kratzer, rote kill-switches mit ebenso roten Lampen für das Feuerlöschsystem prangen oben in der Mitte über den Frontscheiben. Und dann diese so schwer zu beschreibende, einmalige Geruchsmischung aus Farbe, Öl, Schmierstoffen, Abgasresten, Leder, und Hydraulikflüssigkeit, die sich fast überall in diesen alten großen Maschinen findet.

Ich weiß heute wirklich nicht mehr, wie lange ich an jenem Abend in dieser Maschine verbracht habe: Schließlich musste ich ja noch die Beobachterkuppeln im Heck, den Navigatoren-Sitz und den des Mechanikers unmittelbar unter der Tragfläche in Augenschein nehmen. Ich habe jedes Detail noch im Kopf.

Jedes.

Der tiefrote Sonnenball verglühte langsam hinter der Silhouette des Towers, als ich mich schließlich wieder durch das obere Kabinenfenster stemmte, es verschloss, mich im dämmerigen Licht an den den Tritthilfen zum Hauptfahrwerk hinunterhangelte und schließlich auf den Flugplatzbeton sprang.

Im letzten Licht des Tages stand ich wie berauscht von den vielen Eindrücken vor der großen Maschine.

Die Cat.

Ich konnte mich kaum lösen.

Einige lange fünf Minuten später ging ich hinüber zum Crew-Zelt. Immer wieder die üblichen Schulterklopfereien, immer wieder die *warum-hast-Du-noch-kein-Bier-in-der Hand* Sprüche, das viele Gelächter an den Biertischen. Schließlich fand ich in dem Gewühle die Crew der Cat und konnte über ein ordentliches *plane save and locked* Zeugnis geben.

Und dann rann das Bier. Die Worte. Die Geschichten.

Ich erzählte - sehr schüchtern - die meine. Die, die mit der Cat zu tun hatte. Was ich erlebt hatte, was ich über die letzten Maschinen wusste, über meine Neugierde. Und erntete ganz erstaunt aufmerksame Blicke, viel Zuhören, viele Nachfragen. Ich war richtiggehend überrascht und etwas verwirrt über das Interesse der Crew an meinen Schilderungen.

Yves überlegte und sagte nach langer Pause: *Tu doit voler avec nous demain. Tu sera mon Co.*

Nach etwa einem Liter Bier mehr einigten wir uns zu ungunsten meiner rudimentären Französisch-Kenntnisse auf Yves´ rudimentäre Englisch-Kenntnisse. Er kramte in seiner Tasche. Mit den Worten: *Piilotts scheckliist* knallte er mir seine mit Buchringen zusammengefasste checklist neben mein Glas auf das Fichtenholz des Biertisches. Ich begann natürlich sofort zu blättern. Alles hatte ich sofort vor Augen. *This is for tonight*, sagte er und ich legte es gleich beiseite. Der Versuch, den Abend nicht zu lang werden zu lassen, scheiterte erwartungsgemäß.

Einigermaßen aufgekratzt lag ich dann mitten in der Nacht im Bett und hangelte mich Blatt für Blatt durch die checklist, lernte nur die notwendigsten Kapitel, überflog die Notverfahren und begann für mich, alles zum x-ten Male zu zu repetieren oder nachzuschlagen.

Ich muss wohl darüber eingeschlafen sein - jedenfalls lag die checklist am Morgen noch aufgeblättert auf der anderen Seite meines Bettes.

Und dann stand ich wenige halbe Stunden später mit Yves in diesem kühlen, stillen Morgen vor der Maschine.

Der Flugplatz war ganz ruhig, die Sonne war noch nicht lange am Himmel. Ich werde das nicht vergessen: Ein schöner Tag mit blauem Himmel stand bevor, noch schwebte ein leichter Dunst an den Waldkante entlang, die die nördlichen Flugplatzgrenze säumten. Und diese Stille. Dieser so schöne Morgen.

Yves nahm mich für den outboard-check sozusagen ans Händchen und wir gingen langsam um die riesige Maschine, bald kletterten wir über das Fahrwerk nach oben, wieder schob ich das Cockpitdach auf und wir ließen uns nach innen herab, gefolgt von einem weiteren Crew-Mitglied, der das Dach über uns zuschob und nach hinten verschwand.

Ich saß benommen auf dem Co-Sitz und konnte das immer noch nicht glauben.

Ich saß im Cockpit der Cat.

Yves löste die rote, sperrige Arretiertung des großen Doppelsteuers und wir gingen die Vorflugceckliste durch. Zugegeben - ich musste mich orientieren und war aufgeregt, wie ein Schulkind - und es brauchte alles seine Zeit. Yves ließ mich mit einer Engelsgeduld gewähren und schließlich konnten wir Anlassen: *fireguard posted*, der kreisende Finger als Signal zum Start des Steuerbordtriebwerks. Yves betätigte den Starter und nachdem neun Blätter leer durchgelaufen waren, schaltete ich die Magneten auf und mit wildem Gestottere, Aussetzern, zuckender Lärmkulisse, Schütteln und erneuten Aussetzern begannen die ersten Zylinder des Pratt & Whitney's ihre Arbeit - es dauerte eine Weile bis sich die Drehzahl stabilisierte, alles rund und mit warmen Klang lief, wir Ladedrücke und Temperaturen an den richtigen Stellen hatten. Einige Minuten später brummten beide Triebwerke hinten über uns laut vor sich hin und Yves gab Zeichen, die Klötze von den Rädern zu ziehen.

Etwas Gas und das gewaltige Flugboot setzte sich in Bewegung: Bloß nicht so viel mit den Bremsen arbeiten! - hatte ich noch im Ohr.

Meine Anspannung konnte ich kaum verbergen, langsam rollten wir den endlosen Taxiway hinunter, die Pratt & Whitney's blubberten ruhig im Leerlauf vor sich hin.

Die letzten checks vor der Schwelle und langsam drehten wir auf die Bahn. Dann zogen wir über uns langsam die Gashebel auf und ich hielt sie mit festem Griff. Als die Sternmotoren brüllend erwachten, zitterte die Maschine wie ungeduldig auf und ließ sich langsam von den großen Propellerkreisen über die Bahn ziehen, beschleunigte träge und beständig rissen die Motoren unter Volllast den Sprit aus den Leitungen, ihr Dröhnen stabilisierte sich langsam rund und kraftvoll.

Airspeed alive hörte ich Yves und sah, wie sich die Nadel des Fahrtmessers langsam nach oben schwang; bei etwas über achtzig Knoten spürte ich, wie Yves langsam und kraftvoll das Gestänge des Doppelsteuers zu sich zog, fast zu krampfhaft umfasste ich das große Steuerrad mit meiner rechten Hand. Völlig erhaben hob die riesige Maschine ab, das Fahrwerk fuhr mit Hydraulikgesumm unglaublich langsam ein, wir gewannen an Höhe, ich reduzierte vorsichtig die Drehzahl und wir erhoben uns langsam über die weichen Nebelschleier des stillen, orange-farbenen Morgens.

Wir sind bestimmt genauso majestätisch die Runway hinabgerauscht und in den Himmel gestiegen wie die Cat aus dem Film, wie in dieser Szene, die sich mir als Junge so sehr eingeprägt hatte.

Halb drehte ich mich um und sah nach oben: hinter mir donnerten die großen Sternmotoren mit großen silberglänzenden Propellerkreisen im Licht der aufsteigenden Sonne und meine Finger umklammerten noch immer fest die Gashebel über mir.

So, wie ich es mir immer vorgestellt hatte. Es war genau so.

Es gibt ein Glück, das betäubt.

Das alles vergessen macht, das warm über dich rauscht, das

dich belebt und erhellt. Ein Glück, das dir sagt, was wirklich ist und das du nie vergessen wirst.

Ich dachte oft daran, dass wir uns nicht mehr zutrauen, diese Empfindungen für uns in Anspruch zu nehmen, unser Erleben zu vervielfachen.

Dabei ist das doch ganz einfach.

In einem flachen Kreis drehten wir nach Süden und ich konnte mich kaum aus diesem intensiven Taumel lösen, unter uns zog sich ein Wald bis fast an den Horizont, die Luft war ruhig und wir stiegen leicht.

Yves nickte mir zu: Dann hatte ich beide Hände am Steuer, meine Füße drückten sich in die Ruder und dann flog ich die Cat.

Ich flog die Cat!

Yves war ganz aus den Rudern und beobachtete mich genüsslich, als ich die ersten, sehr vorsichtigen Bewegungen wagte: die Ruderdrücke waren leichter, als ich erwartet hatte und die geruhsame Maschine folgte mit wunderbar sanfter Trägheit meinen Steuerbewegungen.

Immer noch brummten die Motoren über mir, immer noch waren wir in sanftem Steigflug, bald griffen die Flächenspitzen nach den ersten hellen Cumulusfetzen um uns.

Yves konnte mir nur zunicken.

Ich hatte ja alles erzählt.

So saß ich im Cockpit und wurde vor Jubel ganz still.

Wieder und wieder wendete ich den Blick auf die kreisenden Luftschrauben, die gewaltigen Tragflächen über mir, auf die alten, zitternden Instrumente und ihre Auskünfte über Lade-drücke, Höhe, Geschwindigkeit und Kurs.

Wieder und wieder wendete ich den Blick an die Wolken, durch deren atemberaubende Schluchten ich diese große Maschine steuern konnte.

Und mein Herz wollte überquellen.

Denn ich bin wieder der Junge, der damals im Kino saß und die Catalina aufsteigen sah zu dem Flug nach Santarém. Der jetzt in dieser PBY sitzt, ruhig, das Steuer in der Hand.

Die in der Sonne flirrenden Propeller im Rücken. Die beruhigende Vibration der Triebwerke im Körper.

Und mein Herz will überquellen.

Vor diesem Glück, das sich kaum beschreiben lässt.

Ein Stunde später glitten wir - die Pratt & Whitney's wieder in tief blubbernden Leerlauf - in den Endteil zu Landung.

Cat Bravo Yankee is cleared to land, wind is calm, nuschelte es im Kopfhörer.

Ich war mit in den Rudern, als die große Maschine gemütlich ausschwebte und ausschwebte und die Landung nur als leichter Stoß zu spüren war, der die Zelle kaum zu schütteln vermochte.

Yves fragte mich *Are you okay, buddy?*, als meine Finger die Gashebel am overhead-panel mit der rechten Hand fest und sicher umklammert hielten.

Ich musste nur nicken.

Das hat er verstanden und zwinkerte mir zu.

Wie groß doch manche Geschenke sind...

Appendix

Als ich diese Geschichte zu schreiben begann, fing ich an, nach der Catalina aus dem Film mit Bud Spencer und Terence Hill zu suchen. Ich sah mir also die DVD an, die ich noch irgendwo gehortet hatte. Ich tastete mich durch slow-mo's und Standbilder. Und habe recherchiert: Irgend etwas musste es ja schließlich geben. Über die eigenen Archive führten meine Wege zunächst in die Irre: die Maschine war dort (wohl durch einen Zahlendreher) falsch gelistet – wenngleich vorhanden, wie sich später herausstellte.

Über den Dreh des Films fanden sich nur sehr, sehr spärliche Informationen, doch ich hatte viele Kontakte und schrieb eine Menge mails und telefonierte etwas herum.

Schließlich fand ich sie:

Es gibt diese Maschine tatsächlich noch! – wenn auch in sehr erbarmungswürdigem Zustand.

Da der Film überwiegend in Kolumbien gedreht wurde, charterte die Film-Crew damals eine PBY der kolumbianischen Luftwaffe. Die Cat stammte aus Restbeständen der US-Navy (c/n 1817) und wurde gegen Ende der vierziger Jahre nach Kolumbien verkauft. Dort flog sie beim kolumbianischen Militär unter der Registrierung FAC 619.

Als das kolumbianische Militär seine PBY-Flotte ausmusterte, erwarb ein Luftfracht-Unternehmer die „619". Sie wurde 1978 als HK-2116P zivil registriert, flog noch einige Jahre in Kolumbien und Süd-amerika, bevor sie dann vom gleichen Unternehmer zur Ersatzteil-gewinnung für eine andere PBY (HK-2215P / c/n 34012, zuletzt gesehen 2008 in Villavicencio / SKVV) weitgehend ausgeschlachtet wurde. Die zivile Registrierung der HK-2116P wurde am 18. April 2000 aus den Registern gelöscht.

Die letzten Fotos der Maschine aus dem Film fand ich nach Hin-

weisen von Freunden im Internet – sie stammen aus dem Jahr 2004.

Ihr Ende fand die „619" am Rande des kolumbianischen Militärflugplatzes Madrid Cundinamarca (SKMA), sie steht dort ausgeschlachtet unter freiem Himmel ohne Triebwerke, die Zelle ist augenscheinlich stark verwittert, das Leitwerk liegt demontiert daneben.

Ich hörte in der Szene Gerüchte, dass Rumpf und verbliebene Teile der „619" als Restaurationsprojekt für das Museum der kolumbianischen Luftwaffe genutzt werden soll, offiziell bestätigen wollte mir das (auf Nachfrage) aber leider niemand.

Sicher ist: Fliegen wird die „619" leider nie wieder...

Doch PBY, mit der ich fliegen durfte, ist nach vielen Eigentümer-Wechseln immer noch in der Luft...

Illusion

Abends. Die Tür klappt zu, ich schwinge mich mit einem Bein über die Mittelkonsole.

Lasse mich auf den Sitz des Choppers fallen. Suche mir Schulter- und Bauchgurte von hinten, lasse den Verschluss zuschnappen.

Ziehe die Gurte fest.

Als nächstes angele ich mir den grauen Kopfhörer von dem kleinen Haken über der Steuerbordtür, klemme ihn mir zuerst um den Hals, lasse schon den Stecker in die dafür vorgesehene Öffnung klicken.

Ich lehne mich zurück und lasse meinen Blick nachdenklich über die Unzahl von Armaturen, kleinen Schaltern, Skalen,

Hebelchen, Lämpchen, Reglern und Anzeigen mit aufgedruckten Abkürzungen und Zahlen wandern, die sich auf den Konsolen um mich herum zu einem scheinbar undurchschaubaren System ordnen. Still und unbeweglich alles.

Tot.

Der Gedanke, all dem nur mit ein paar lächerlichen Bewegungen meiner Hand zum Leben zu verhelfen, gibt mir das Gefühl einer merkwürdigen Macht.

Ich drehe den Kopf nach oben, denn auf dem Instrumentenbrett über mir verbirgt sich im Gewirr von Knöpfen, Reglern und Sicherungen unter einer kleinen, roten Abdeckung mit der Auf-schrift *Main Generator* ein kleiner Kippschalter - ich lasse die rote Sicherung zurückschnappen, raste den Schalter auf die Position *ON* und klappe die Abdeckung wieder darüber.

Die Wirkung ist beeindruckend: Das Flugzeug scheint mit leisem Summen zu erwachen, vereinzelt beginnen einige rote und weiße Lämpchen an zu blinken, die mich dazu auffordern, weitere Schalter zu betätigen.

Meine Hände beginnen auf der Tastatur des Cockpits zu spielen: Stromkreise werden geschlossen, Kraftstoff- und Hydraulikpumpen eingeschaltet - einige der roten Lämpchen auf dem Anzeigenfeld verlöschen wieder - Hilfsgeneratoren werden aktiviert, die verschiedenen Systeme erwachen nacheinander zum Leben.

Ich konzentriere mich auf meine Flugüberwachungsinstrumente, entlasse den Künstlichen Horizont aus seiner Arretierung und beobachte geduldig, wie er sich in die richtige Position kugelt, setze den Zeiger des Höhenmessers auf die Nullmarke zurück, kontrolliere Hydraulik- und Öldrücke, Spannungen und Kraftstoffvorrat.

Alles scheint bereit.

Noch einmal vertiefe ich mich in das Spiel der vielen Zeiger und Lämpchen, in der Hand einen kleinen Block mit abgekürzten Anweisungen, die sich neben langen Zahlenkolonnen, Diagrammen und Warnhinweisen gliedern: Meine Checklist. Wie Beschwörungsformeln murmele ich halblaut die lange Reihe der einzelnen Positionen vor mich hin, wieder streiche ich mit den Fingern über Instrumente und Schalter, lese ein weiteres Mal verschiedene Werte ab.

Ich raste eine Zahlenkombination in die Bedienungseinheit meines UHF-Senders, stülpe mir endlich die Kopfhörer über und höre das endlose Rauschen des Funkgerätes.

Meine Hand drückt mechanisch die Sendetaste am Knüppel, der Tower erteilt mir die Anlassfreigabe.

Die folgenden Handgriffe brauche ich nicht bewusst zu koordinieren: Die linke Hand am Pitch dreht das Gas bis zur ersten Leerlaufraste auf, mein Daumen presst sich auf den Starterknopf, gleichzeitig lasse ich die Borduhr loslaufen und höre die Turbine losjaulen, den Blick auf den Drehzahlmesser geheftet, dessen Nadel sich ordnungsgemäß nach oben schwingt, ich löse den Daumen vom Starter.

Die vielen kleinen Zeiger, die eben noch unbeweglich auf den Skalen verharrten, stehen jetzt mit erstem, leichtem Zittern an ihren grünen Markierungen, der Rotor zischt erst ruhig und dann mit immer schnelleren Bewegungen über das Kabinendach, bald kann ich das einprägsame Puckern sogar in den Kopfhörern hören. Wieder zieht mein Finger die Mikrotaste durch: Auf Englisch prasseln die Anweisungen des Lotsen im Tower durch meine Ohrmuscheln. Ruhig quittiere ich Zahlenkombinationen, Abkürzungen und verfremdete Redewendungen - meine Startfreigabe.

Letzter Check, alles ist an seinem Platz. Letzte Blicke.
Ich ziehe den Leistungshebel Millimeter für Millimeter nach oben.
Das Puckern der Rotorblätter wird lauter, die Drehzahlanzeige klebt an der richtigen Markierung, der Zeiger des Torque-Messers klettert langsam über kleine weiße Zahlen nach oben. Den Steuerknüppel ganz leicht in meiner Hand verlasse ich mich auf meine Empfindungen, ich bekomme das Gefühl, als würde der Hubschrauber langsam leicht wie ein Ballon, er schwankt noch unsicher auf den Kufen, wie ein Kind bei den ersten Gehversuchen, ich trimme leicht kopflastig, Seitenruder gegen das Drehmoment, sanfte Bewegungen mit dem Knüppel, ich ziehe den Pitch noch etwas und löse die Maschine vom Beton.
Und fliege.

Keine Euphorie, ich muss mich weiter konzentrieren, der Knüppel in meiner Hand wandert leicht, aber zügig nach vorn, die Bell steigt weiter, nimmt mehr Geschwindigkeit auf, der Fahrtmesser bewegt sich vorsichtig auf die Achtzig-Knoten-Marke zu. Ich fühle, wie meine Hand sich etwas verkrampft und den schwarzen Kunststoffgriff des Steuerknüppels presst - immer ruhig - höre ich mich im Kopfhörer sagen, leichte Rechtskurve, bank-Anzeige am ADI, Vario, Geschwindigkeit, die Kompassnadel auf dem ADF schwingt auf den von mir bestimmten Kurs.
Die Stimme des Controllers dringt stolpernd durch das

Rauschen in meinem Kopfhörer, ich folge seinen Anweisungen, bringe die Maschine mit einer bestimmten Steigrate auf die angewiesenen Höhe, wechsele die Frequenz und schalte die Radionavigation auf.

Unsichtbare Wellen und Ströme dringen über Antennen und bunte Kabelstränge ins Innere des Flugzeugs, bewegen aufwendige Mechaniken, Zeiger und Zahlenkolonnen auf einem kleinen digitalen Display, der Radiokompass bewegt sich langsam über die Kursrose und zeigt mir unbeirrbar den Weg. Crosschecks.

Die Instrumente zeigen normale Werte, der Rotor knattert gleichmäßig, meine Anflugkarte auf dem Kniebrett, im richtigen Abstand zum Funkfeuer leite ich den NDB-Alpha-Approach ein, bewege den Steuerknüppel nur aus dem Handgelenk, gehorsam legt sich die Maschine auf die Seite.

Die Dunkelheit um mich hätte etwas Beklemmendes, könnte ich mich nicht anhand der sanften rötlichen Cockpitbeleuchtung orientieren, das abgeschirmte blendfreie Licht hat fast etwas Gemütliches.

Es scheint etwas böig, ich versuche, das leichte Schaukeln so sauber wie möglich zu korrigieren, die Maschine auf Kurs zu halten, höre mich im Kopfhörer atmen.

Beinahe eine Stunde bewege ich diese Maschine aus sorgsam angepassten Aluminiumteilen, Verstrebungen und Spanten, beherrsche mit einfachen Bewegungen eine Leistung von fast tausend Pferdestärken, keine tote Materie - mit jeder Bewegung kommt es mir vor, als wäre die Steuerung aus Hydraulikleitungen, Seilzügen und Kabeln, Lagern und Getrieben nur eine bis ins Detail fortgeführte Verlängerung meiner Arme, Beine, Finger.

Der Fluglotse holt mich aus meinen Betrachtungen zurück, ich muss auf seine Stimme reagieren, die gequetscht durch die Kopfhörer dringt. Ich muss. Transpondercodes, Kurszuweisungen und Höhenmessereinstellungen verdrängen meine Empfindungen viel zu schnell.

Wenig später ermahnt mich die blinkende Anzeige mit der Aufschrift *twenty min. fuel* zur Umkehr, ich leite eine Kurve ein, drehe in die Navigationsanlage die Frequenz des Anflugfeuers, mit einem spielerischen Schlenker nach links lege ich die Maschine auf den Anflugkurs, ein erneuter Frequenzwechsel am Funkgerät leitet die bevorstehende Landung ein.

Der GCA-Lotse weißt mich durch immer neue Kursangaben in die Platzrunde ein, ich bestätige kurz *cockpitchecks completed* und dann beginnt auch schon der talkdown, ich lasse mich heruntersprechen.

Wieder beiße ich mich an den Instrumenten fest, monoton und unerbittlich leiert der Controller mit schier unschlagbarer Geschwindigkeit Höhenangaben, Kurse, Sinkraten und Distanzen herunter, ich habe alle Hände voll zu tun, alles in die Steuerung umzusetzen.

Ich bestätige die Landefreigabe, mein Radarhöhenmesser bewegt sich erst langsam, dann immer schneller über die Einteilung, die Entscheidungshöhe läuft durch, ein gelbes Licht flammt auf, der Warnton im Kopfhörer, dann verstummt die Stimme des Controllers sehr plötzlich, als hätte man ein Tonband abgeschaltet.

Noch wenige Meter, ich ziehe die Geschwindigkeit aus der Maschine, schwebe fast auf der Stelle, langsam den Pitch nach unten, Nase noch etwas anheben, ich spüre, wie die linke Kufe den Boden berührt, sofort danach setzt auch die rechte auf, die

Zelle bockt und ruckelt noch wie ein wildes Pferd, vorsichtig drücke ich den Pitch nun ganz nach unten, bis das ganze Gewicht des Hubschraubers auf den Kufen lastet.

Ich atme hörbar aus und lasse mich aus der angespannten Position einen Augenblick lang in den Sitz sinken.
Wieder bewegen sich meine Hände über die Konsole, schalten nacheinander die Systeme ab, das Geräusch des Rotors ändert sich, Griff nach oben, ich ziehe die Rotorbremse nach unten durch, der Hauptschalter klickt in die *OFF*-Position, das letzte Summen im Cockpit verstummt, die Instrumente fallen zurück in Starre.
Mein Kopfhörer wandert an den Haken über der Steuerbord-tür, ich lasse den Schnellverschluss des Gurtzeugs auf-schnappen. Die Checkliste in der Hand zwänge ich mich durch das Dunkel der Kabine nach hinten.

Das grelle Neonlicht der Halle blendet mich, als ich die Tür öffne, irritiert gleitet mein Blick über die Hydraulikfüße mit den schwarzen Druckleitungen, auf denen der Flugsimulator ruht, in dessen Tür ich ja noch stehe.
Ich klettere über eine schmale silberne Leiter nach unten, der Mann in der Kontrollkonsole grüßt mit der Hand aus seinem Glaskasten zu mir herunter, ich nicke müde und verwirrt zurück.

Die Illusion war perfekt, denke ich, als ich draußen auf dem nassen Rollfeld stehe, hinter mir fällt die schwere Stahltür der Halle ins Schloß.

Formation

Es war ein ruhiger Sommertag in den Pyrenäen nahe der spanischen Grenze. Spätnachmittag.

Die Sonne stand weit im Westen niedrig über den Bergen, die das Tal begrenzten. Das milde Spätnachmittagslicht; noch ein paar wenige Stunden, bis sie auf die Gipfel sinken würde.
Die träge Ruhe auf dem Flugplatz war noch getragen von der Glut des Mittags; ein stiller Aufwind über dem Tal.

Zusammen fliegen. In Formation.

Es war kein Plan, nur eine Entscheidung. Nichts abgesprochen.

Sie nickten sich nur zu, kaum merkbar. Die anderen bemerkten nichts.

Sie kletterte in ihr Segelflugzeug und er sah ihr ruhig nach, wie sie mit ihrer Maschine am Windenseil in den Abendhimmel stieg, beinahe lautlos.

Er schloss die Haube, gurtete sich fest, überprüfte die Instrumente und startete Minuten später.

Er reagierte auf jede Bewegung des Flugzeugs, verlor sie nie aus den Augen. Sie war noch weit vor ihm. Das Variometer schlug an, leichtes Steigen, er drehte den Ton des Instrumentes ab. Weil er alles zu spüren schien.

Er war schon sehr viele Stunden geflogen und sog doch immer noch jeden Moment, den er dort oben war, in sich auf: Die Kühle und Weichheit der Wolken. Das wunderbare Tiefblau über ihm. Den Kampf mit dem Wetter. Die grelle Sonne und die Reflexe im Glas des Cockpits. Das Alleinsein. Seine Atemlosigkeit über all diese Schönheit.

Er war da.

Und wünschte sich nach jeder Landung zurück.

Er war immer erschrocken über die Biergespräche und Technikverliebtheiten der anderen Piloten. Seine Heldengeschichten waren anders.

Ganz anders.

Rechts von Dir, sagte er kurz und ließ die Mikrofontaste wieder los.

Ein kurzes Knacken im Lautsprecher als Bestätigung.

Mehr nicht.

Sie wusste...

Er balancierte die Maschine aus, ganz leicht. Sie flog nahe vor ihm in die tiefe Sonne und er glitt vorsichtig neben sie, Meter für Meter. Es war ganz einfach.

Er kannte ihr Vertrauen in das Flugzeug und hatte Vertrauen in ihre Bewegungen.

Er hatte einen Freund, mit dem er oft flog.

Sie wussten alles voneinander, wenn sie zusammen zusammen in der Luft waren. Mit wenigen Metern Abstand waren sie ohne Risiko in atemberaubenden Tempo tief über die Bäume geschossen. Kunstflug und schwierige Landungen.

Lange Strecken.

Er ahnte voraus, wie er flog. Sie hatten alles im Griff: Knappe Worte über Funk, präzise Manöver, wilde Konzentration, losgeschossenes Adrenalin, keine Grenzen, blindes Gefühl.

Wenn sie alles fast ausgereizt hatten, lachten sie nach der Landung.

Schelmisch befreit, wie Kinder, die einen gefährlichen und total verrückten Streich gespielt haben.

Aber das hier war völlig anders.

Viel stiller.

Die Luft war ruhig. Er flog dicht neben ihr.

Sie spielte mit dem Querruder und schob sich etwas näher.

Er gab ihr den Raum, näher zu kommen. Sein Gefühl hielt die Höhe. Eine gehauchte Korrektur.

Fast schoben sich die Flächen der Flugzeuge ineinander.

Zentimeter. Keine Gefahr.

Die warme Abendluft trug sie beide. Gedachte Steuerbewegungen.

Er sah zu ihrem Cockpit und war überrascht.

Wie nahe...

Links, hörte er ihre Stimme und der Funk verstummte wieder. Wie an einer Schnur gezogen wendeten die Maschinen, eng zusammen, er brauchte keinen Fixpunkt, an den er sich hielt, keine Konzentration.

Er flog einfach. Mit ihr.

Er dachte daran, was sie unten für ein Bild von ihnen haben müssten.

Oder ob es überhaupt jemand gab, der sie sah.

Beinahe zwei Stunden glitten sie über das Tal, in einer Ruhe, die sich auch in ihnen weit ausstrecken konnte.

Die Sonne hatte schon die Berge berührt, als sich ihre Maschinen sich voneinander lösten und in die Platzrunde zurückfanden.

Er rollte sehr dicht genau neben ihr aus, ihre Cockpithaube lag im noch warmen Gras neben dem Flugzeug.

Er öffnete seine und wusste, dass sie ihm zusah.

Angst

Fliegen ist nicht gefährlich. Dennoch gibt viele Menschen, die Angst davor haben zu Fliegen. Ihr Gefühl macht sie glauben, es sei unnatürlich, dass sich eine Masse von mehreren Tonnen Aluminium und Stahl von der Startbahn löst. Unnatürlich dagegen scheint es ihnen nicht, wenn Menschen auf vier Rädern in Blechkisten mit 180km/h und mehr über vergleichsweise schmale und dicht befahrene Straßen jagen. Niemand macht sich deswegen mehr Gedanken, auch dann nicht, wenn sich dadurch jedes Jahr eine komplette Kleinstadt selbst ausrottet.

Unspektakulär.

Mein erster Fluglehrer, ein spitzbübischer, älterer Mann mit sehr viel mehr als 18.000 Flugstunden im Buch und einer imposanten Liste unterschiedlichster Lizenzen und Ratings sagte abends nach dem Flugbetrieb zu mir: *Pass auf, wenn Du mit dem Auto nach Hause fährst.*

Beim Fliegen sagte er so etwas nie.

Dabei ist Fliegerei - nüchtern betrachtet - nichts weiter, als plumpe Physik. Leicht zu erklären. Funktioniert. Tausendfach. Jeden Tag.

Und auch keine Binsenweisheit: Das Flugzeug ist - statistisch betrachtet - eines der sichersten Fortbewegungsmittel, gemessen am Passagier-/Kilometeraufkommen pro Tag.

Aber manchmal passiert es eben doch, das eine Maschine abstürzt.

Wer selbst fliegt und schon einmal gesehen hat, wie eine Maschine abstürzt oder verunglückt, wird diese ungeheuer brutale Hilflosigkeit nicht vergessen, von der man bei diesem Anblick überwältigt wird.

Ich jedenfalls kenne keinen Piloten, den das kalt lässt.

Eines Abends im Winter saß ich vor dem Fernseher und sah einen Dokumentarfilm über amerikanische Marineflieger im Pazifikkrieg. Als ich den Anflug dieser Corsair auf den Träger verfolgte, wußte ich sofort: Das geht schief! - und stelle fast das Atmen ein.

Mein Freund - auch Pilot - neben mir schrie laut und

hektisch: *Was macht er????*

Als die Maschine dann über das Deck rauschte, stand ich im linken Seitenruder, riss das Gas zurück und zog den Knüppel zügig nach hinten durch. Unbeeindruckt von meinen Korrekturversuchen flog die F4U fast genau auf den Kameramann zu und krachte kurz vor ihm mit höllischer Geschwindigkeit steuerbord in die Decksaufbauten.

Meine Bemühungen hatten nichts genutzt, obwohl mir ziemlich klar war, was der Pilot hätte machen können.

Aber er tat es eben nicht.

Und: Jeder, der selbst fliegt, erlebt kritische Situationen, hört von Abstürzen und von Menschen, die in ihren Flugzeugen sterben.

Jeder, der fliegt, ist auch mal waghalsig, das ist normal und macht auch Spaß.

Und jeder, der mal selbst waghalsig geflogen ist, kennt auch diesen kleinen Teufel, der manchmal mit in der Kabine sitzt und dir ab und zu ins Ohr flüstert.

Dieses Teufelchen macht dir Mut, manches zu vergessen: Deine Vorflugkontrolle nicht so suuupergenau (*...weil du es eben eilig hast*), deinen Beladeplan (*...denn die Bahn hat ja sowieso Überlänge und das mit der Dichtehöhe passt schon irgendwie*); die Notverfahren deiner Maschine (*...schließlich ist sie zuverlässig, wie keine andere, der letzte große Check war ja eben erst grade*); auch wenn du einmal keine Karte dabei hast - macht nichts - du kennst ja ohnehin hier jedes Rosenbeet.

Das Teufelchen spricht auch zu dir, wenn du in deiner Mühle sitzt und fliegst: Whow - geh ruhig noch ein wenig ran an die Bäume; leg den Kasten doch einfach mal auf den Rücken - sieht doch keiner: Du kriegst das schon hin.

Flieg doch ruhig durch diesen dicken Cumulanten da, es wird schon nichts passieren; nimm die Kurve noch ein bißchen enger und lass den Kahn ruhig schütteln, alles noch im Limit; die Front da vorne scheint nur so groß - da kommst du locker drum rum...

Und so.

Jeder Pilot kennt das. Und jeder Pilot kennt die Situationen, die wir *scary* nennen.

Da ist dieses kleine Zittern in den Knien nach der Landung, wenn dir klar vor Augen steht, dass das kleine Teufelchen kurz davor war, den Bogen zu überspannen. Wenn du sehr genau weißt, dass du noch einmal so eben dran vorbeigeschrammt bist.

Es gibt auch diesen Spruch, den wir alle schon mal gehört haben: Nur verrückte Piloten haben keine Angst.

Und wir wissen im Grunde alle, dass das stimmt.

Aber eigentlich haben wir haben keine Angst, außer, wenn wir für uns alleine sind.

Darüber wird natürlich keine Silbe verloren. Auch nicht darüber, dass mal was schief geht. Es könnte ja dem Image schaden. Vor allem dem eigenen. Vor allem. Denn wir halten uns ja für die Obercoolen. Wir sind uns ziemlich sicher. Wir riskieren etwas. Sind mutig. Überlegen. Kalkuliert. Und gut ausgebildet sind wir ja auch. Wir können ja Fliegen. Und wer kann das schon, außer uns?

Na also.

Und dieser kaum laut ausgesprochene Nimbus ist natürlich auch einer der Gründe, warum wir den Begriff *Tod* aus unserem Wortschatz gestrichen haben. Abergläubisch wie Kinder meiden wir das Wort wie die Pest.

Wenn wir dann doch darüber sprechen müssen, haben wir - wie für alles andere in der Fliegerei auch - unsere Chiffren, unsere Codes:

Das war dann halt über den roten Bereich, der hat sich aufs Kreuz gelegt, seine Mühle in den Wald geschmissen, seine Kiste zersägt, war einfach nicht cool genug, ist draufgegangen, der hat sich verblasen, sich den Tag versaut, er wollte es genau wissen und, und, und...

Wertungen für solche Fälle sind auch immer schnell bei der Hand: Die meisten waren eben zu blöd, haben gepennt, wollten den Helden raushängen lassen, oder haben alles nicht genügend im Griff gehabt, sich einfach zu dämlich angestellt. Der Typ hätte sich eben `ne ungefährlicheres Freizeitbeschäftigung zulegen sollen: Angeln zum Beispiel.

Dann wär das nicht passiert.

Und es wird viel geredet. Zu viel.

Schließlich hat man ja schon immer gewusst, dass *der-und-der* eine miese Landung nach der anderen hinlegte. Im übrigen flog der ja sowieso zu wenig. Außerdem: viel zu alt - was der wohl für sein medical bezahlt? Und überhaupt. War doch klar. Irgendwann musste das ja mal passieren. Konnte man sich doch ausrechnen.

Und alle nicken. Alle.

Anders ist das, wenn es jemanden trifft, den man gut kennt.

Stechender. Trauriger. Berührend. Gewaltiger.

Und dann versteht es auf einmal keiner. Schließlich hatte der doch soundso viel Flugstunden auf dem Buckel, man ist ja selber oft mit ihm geflogen, und der hat eigentlich nie Fehler

gemacht, war doch irgendwie der geborene Flieger. Das wissen
doch alle.
Unbegreiflich.

Ich kannte einen wirklich sehr guten Piloten, der sein ganzes
Leben lang geflogen war, eine typische Karriere: Als Junge
Segelflieger, mit der Bundeswehr nach Sheppard, bei den
Marine-fliegern auf die 104 und später Tornado, bis zur
Pensionierung stellvertretender Geschwader-Komo, danach
zum Liniendienst: 727, 737, 747. Letztere natürlich long-
range.
Er machte ratings, wie andere Leute Briefmarken sammelten.
Nebenbei flog er noch eine Christian Eagle und nahm recht
erfolgreich an verschiedenen Kunstflugwettbewerben teil. Als
er dann auch vom Liniendienst pensioniert wurde, verdingte er
sich mehr zum Spass bei einer Luftwerft auf unserem
Flugplatz und machte Überführungsflüge für den Laden -
überall hin mit allen möglichen Kisten.
Ich hatte meinen Zettel schon ein paar Jahre und ich lernte
ihn irgendwie zufällig kennen, wir waren uns sofort sympa-
thisch.
Ich studierte damals und hatte wenig Geld, und so nahm er
mich bei diesen Überführungsflügen ausgesprochen häufig als
Co mit. In sehr unterschiedlichen Typen kreuz und quer durch
Deutschland und Europa. In allen möglichen und unmögli-
chen Wetterlagen. Ich lernte sehr, sehr, sehr viel von ihm,
obwohl er kein Fluglehrer war.
Eines schönen Sommermorgens stieg er mit einer frisch
grundüberholten P.149D auf und zog das Fahrwerk ein. Ich
weiß noch genau: Ich saß am Segelflugstart im hohen Gras,

ging im Kopf einen geplanten Überlandflug durch. Ich sah ihm kurz und fast beiläufig nach, und hätte mich anderen Dingen zugewandt, als ich beobachtete, wie die Pitschy in vielleicht nur 150 Fuß Höhe die rechte Fläche merkwürdig langsam senkte, ebenso langsam in den Rückenflug ging und Sekunden später in dieser Lage in die an den Flugplatz grenzende Wiese knallte.

Ein kurzer dumpfer Schlag und plötzlich Ruhe.

Kein Feuerball oder etwas ähnliches.

Ich war wie betäubt. Es schien überhaupt nichts mit der Realität zu tun zu haben. Völlig absurd.

Dann rannten wir auf einmal alle los, und ich weiß nicht, ob ich je wieder so schnell gerannt bin.

Die Maschine lag auf dem Rücken und wir bekamen die Haube nicht auf, der Pilot hing seltsam verdreht im Gurtzeug, er lebte nicht mehr. Noch heute sehe ich diesen entsetzten Blick in den schon starren Augen.

Später hörte ich, das linke Querruder hätte sich aus unerfind-lichen Gründen verklemmt. Wir gingen alle auf seine Beerdi-gung und kamen uns sehr verloren vor, ich hätte laut schreien können, so schlecht ging es mir. Den anderen war wohl ähnlich zumute, wir setzten uns später in unsere Kneipe, saßen bis in den nächsten Morgen, sprachen kaum ein Wort und ließen uns volllaufen.

Ich war tagelang geschockt, schlief kaum, schreckte nachts aus meinen Träumen auf: Immer war da dieser entsetzte Blick meines toten Freundes im zerborstenen Cockpit.

Dann ging es los.

Ich bekam Angst vorm Fliegen, erst nur ein klein wenig.

Wenn ich vor dem Start in meiner Kiste saß, fing es damit an, dass merkwürdige Gedanken in mein Bewußtsein krochen, die mich ernsthaft überlegen ließen, was alles schiefgehen könnte. Das hatte ich vorher noch nie erlebt. Ich versuchte, das wegzuschieben. Erfolglos übrigens.

Es ging noch weiter. Ich ertappte mich dabei, jeden Check dreifach und vierfach zu machen, obwohl beim ersten Mal alles stimmte. Wenn ich startete, und den Gashebel nach vorne schob, schlug mein Herz erheblich schneller als sonst, in Erwartung, die Mühle würde sich irgendwelchen Gründen nicht vom Boden lösen und sich auf der anderen Seite der Runway auf dem Acker überschlagen.

Im Flug lauschte ich intensiver auf das Triebwerksgeräusch als normalerweise, sensibilisierte mich auch auf geringfügigste Drehzahlveränderungen, ich hörte Unregelmäßigkeiten wo keine waren.

Dann traute ich keinem Instrument mehr richtig, ich überlegte ständig, was wäre, wenn sich die Stromversorgung von meinem Caution-Panel verabschiedet hätte, vermutete dauernd unzuverlässige Varios, rappelige Drehzahlmesser oder einen eingefrorenen Künstlichen Horizont.

Letztendlich bekam ich sogar Angst vorm Landen - und siehe da: Meine Landungen wurden tatsächlich holpriger, ich kam zu lang, mußte durchstarten. Kurz: Ich flog einfach unsicherer. Es war zum Verrücktwerden.

Natürlich gestand ich mir das alles nicht ein - schließlich hat jeder mal einen schlechten Tag - obwohl ich ganz genau merkte, dass mit mir etwas nicht stimmte.

So flog ich immer weniger, und obwohl ich Zeit zum Fliegen gehabt hätte, gab es doch immer viele andere Dinge, die mit einem Mal mindestens doppelt so wichtig waren wie meine Fliegerei.

Eigentlich unerhört: Ich hatte immer fast alles ich für meine Fliegerei geopfert, da wäre ich kaum auf den Gedanken gekommen, zuhause rumzugammeln. Was also tun?

Ich wusste ja, was los war. Ich konnte mich noch nie nicht gut selbst betrügen. Auch das wusste ich.

Die Lösung kam wie von selbst. Zufall werden sicher einige sagen.

Aber Zufall war das sicher nicht.

Es war vielmehr wie so ein kleiner Schubser, den wir gelegentlich zu brauchen scheinen, damit wir wieder zu uns zurückfinden.

Woher auch immer der kommen mag.

Auch das weiß eigentlich jeder.

Wir wollten also - wie jedes Jahr im Herbst - ein paar Tage zu diesem kleinen, dänischen Platz an der Küste fliegen, um ein paar Freunde zu besuchen. Eine hübsche kleine Tradition, auf die wir uns schon im Sommer freuten.

Wenn ich da abgesprungen wäre, hätten meine Kumpels was gemerkt, das ging also nicht. Außerdem musste ich mich ja mal zusammennehmen. Sagte ich mir so.

Es war ein wirklich schöner Tag, Hochdruckwetter, kalt zwar, aber keine Wolke am Himmel, Sichten bis zur Arktis und zurück.

Die alte Skylane war vollbepackt, ich saß rechts auf dem Co-Sitz, die beiden anderen hinten. Wir brummten richtig gemütlich durch die Gegend, landeten irgendwo vor Hamburg zum Tanken, tranken unterm Tower einen Kaffee im Stehen und flogen weiter, ganz normal.

Ich saß über den Karten, erledigte den Bürokram und den Funkverkehr, die Fliegerei machte mir wieder irren Spaß, es war wie früher. Unter uns zog die dänische Grenze durch und gut zwanzig Minuten später hatten wir Sichtkontakt zu dem kleinen Flugplatz an der Küste.

Sinkflug, wir fädelten uns in die Platzrunde, setzten wie gewohnt unsere Meldungen über Funk ab, fuhren die Räder aus und mit einem Mal bekam ich wieder dieses komische Gefühl, als würde irgend etwas nicht stimmen.

Ich dachte erst, es hätte wieder mit meiner dummen Angst zu tun und wollte meine Wahrnehmung verdrängen. Es war ja erst auch nur so eine Ahnung, und ich konnte sie nicht richtig deuten - es dauerte eine Weile, ehe ich wirklich begriff, dass tatsächlich etwas nicht stimmte: Mein Kumpel neben mir steuerte die Skylane ruhig und wie selbstverständlich in den langen Endteil, schien nichts zu merken, eine klassische Schleppgaslandung, weit vor uns setzte eine Beech auf. Ich schätzte die Entfernung zum Platz, die landing-clearance quäkte im headset, vielleicht noch eineinhalb Meilen zur Schwelle, mit den Augen hastete ich über die Instrumente. Wir waren noch in knapp tausend Fuß, Geschwindigkeit war ok, Öldruck und Temperatur waren grün, Fahrwerk draußen, Drehzahl ruhig und fast im Leerlauf. Aber meine Antennen sagten etwas ganz anderes und wie auf Bestellung fing in der selben Sekunde der Motor an zu spucken, lief unregelmäßig, setzte beim Gasgeben wieder ein, spuckte wieder, zündete nicht richtig, ich bekam einen Heidenschreck: Wir hatten schon die Klappen gesetzt und nicht mehr so sehr viel speed: Etwas ungemütlich in der Höhe mit einer vollbeladenen Kiste.

Mein Kumpel neben mir glotzte nur irritiert durch die Scheibe,

als ich ihm das Ruder aus der Hand nahm und gehörig nachdrückte, dabei sah ich auf die Tankuhren: Sprit war noch genug da, mein Blick verirrte sich nach unten, und:
Der Tankwahlschalter stand in der falschen Position! - und im Augenblick, als ich das sah, griff ich sofort wie fremdgesteuert danach und drehte das Ding in die richtige Stellung, gab vorsichtig Gas.
Ein paar irre lange Sekunden spuckte das Triebwerk noch unwillig vor sich hin, dann heulte der Lycoming wieder brav los, die Drehzahl stieg, wir schwabbelten mit Vollgas in fast überzogenem Flugzustand mit endlos jammernder stallwarning an die Schwelle der Landebahn, ich nahm das Gas zurück, flair und wir setzten butterweich auf.

Mein Kumpel war bleich wie eine Wand, als wir abrollten, und auch ich schnappte noch nach Luft. Das war knapp.
Meine Güte.

Und keine Erklärung, warum der Tankwahlschalter in der falschen Position stand, lange Diskussionen und Vorwürfe - wahrscheinlich wollt's keiner zugeben.

Abends dann feierten wir alle Geburtstag - außerplanmäßig sozusagen. Wir klopfen uns wieder auf die Schenkel, sind so wie sonst.
So richtige Helden.

Ich fliege auch wieder, so wie früher, ganz normal, je öfter, je besser; es macht mir fast mehr Spaß als jemals zuvor, ich bin immer noch richtig süchtig danach und genieße jeden Flug in

vollen Zügen.
Schon komisch.

Ein bisschen Angst habe ich trotzdem noch.
Aber das ist ganz gut.
Denn sie hält mich immer sehr wach.
Diese kleine Angst.
Aber das erzähle ich natürlich keinem.

Ist doch logisch.

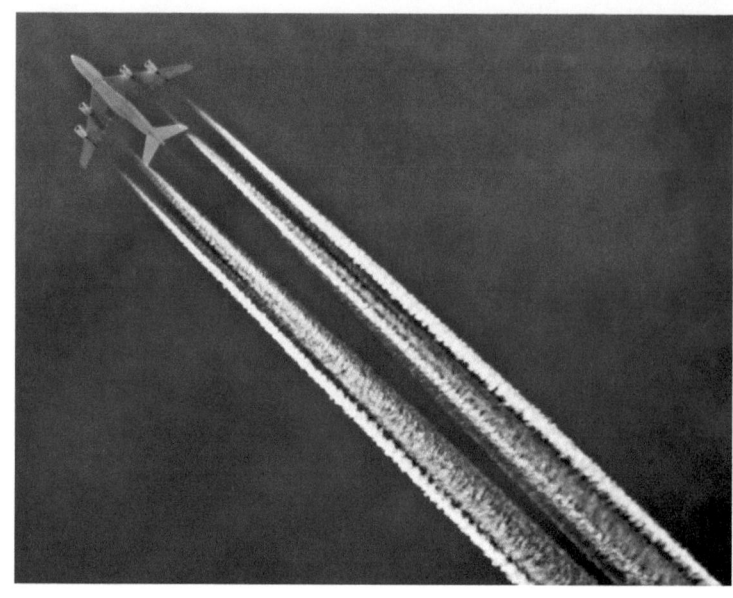

Linie

Ab und zu kommt es ja auch vor, dass wir uns fliegen lassen. Müssen. Mit irgendeiner Verkehrsmaschine, zu irgendwelchen Terminen. Oder in den Urlaub. Immer selbst fliegen, wäre zwar schön, geht aber leider nicht immer. Leider. Wir fliegen dann mit der *Linie*. Mit irgendeiner *Company*. Sagen wir dann.

Irgendwie, um auch zu mitzuteilen, dass wir geflogen werden. Und nicht selber.

Jetzt sollte man meinen, wir sind sind da eher völlig lässig, denn das hat ja eigentlich nicht viel mit Fliegerei zu tun. Eher mit Bahnfahren. Mit der Linie fliegt man ja in der Regel eher über dem Wetter und merkt überhaupt nichts davon. Dazu lassen die *Companys* nur bestimmte Steig- oder Sinkraten zu, Kurven mit mehr als 35-40 Grad bank sind auch nicht erlaubt. Alles *due to passenger comfort* und so weiter.

Also nicht wirklich Fliegen. Zudem wissen wir ja schließlich, wie das alles geht.

Ich kenne aber kaum einen Piloten (und ich kenne wirklich eine ganze Menge!), der nicht doch beim Einchecken nach einem Fensterplatz fragt. Möglicherweise in der Nähe der Fläche. Machen fast alle. Also: mich eingeschlossen.

Sollte dann mal jemand (also: *kein* Pilot!) mit uns fliegen, den wir kennen, erklären wir sofort unaufgefordert und gerne weitschweifig, was gerade mit der Maschine passiert. Oder eben besonders knapp und cool. Je nachdem.

Familienmitglieder quittieren das mit ungespielter Langeweile oder mit schier endloser Geduld. Wenn wir zum *was-weiß-ich-wievielten* Mal sagen *Nun guck doch mal raus! – Ist das nicht fantastisch, so jetzt über den Wolken?* oder *Jetzt hat er für den final approach die flaps auf 45° gesetzt und fliegt so mit ungefähr 130kts.*

Als wenn das jemanden interessiert.

Wenn wir alleine unterwegs sind, wollen wir aber nur unsere Ruhe haben und aus dem viel zu kleinen Fenster starren.
Gerade so, als gäbe es zehntausend Fuß über der geschlossenen Stratusdecke etwas völlig Sensationelles zu entdecken.

Dabei einen guten Kaffee trinken zu können, empfinde ich nach wie vor als völligen unbezahlbaren Luxus.

Andere Passagiere räkeln sich derweil ächzend in ihren für sie offensichtlich zu engen Sitzen herum und versuchen -

ausgestattet mit verschiedensten Snacks und Kaltgetränken - sich die Zeit fast ignorant mit diversem Druckwerk vertreiben oder an profanen Laptops den grandiosen Sonnenuntergang über den Wolken verpassen.

Unmöglich.

Ich erlebe das immer anders. Auf allen Flügen mit der Linie passiert etwas. Immer. Damit meine ich nicht nur die spektakulären Erlebnisse, von denen es ja auch einige gibt: Das unschlagbare Terminal in Harare zum Beispiel: Durch Schwingtüren aufs Vorfeld. Wenn einer der heruntergekommenen 727-Frachter abrollte und Gas gab, flogen immer diese Türen auf und eine Wolke aus verbranntem Kerosin wehte über die mitleiderregenden orangenen Plastiksitzschalen aus den 50er Jahren.

Oder als ich gleich nach dem Start in Afrika an Bord einer recht besorgniserweckenden 737 aus frühsten Airliner-Jahren im Steigflug den kompletten Vordersitz auf meinen Knien hatte und sich Minuten später über mir ein Klappe öffnete, aus der eine Sauerstoffmaske lässig vor meiner Nase baumelte.

Oder als ich mal die Gelegenheit hatte, mich als additional-crew-member einzubuchen und auf dem jumpseat zwei Mal das Dreieck Hannover-London-Paris fliegen konnte. Startfreigabe in London: *You`re number fourteen in sequence* - und zwei Maschinen vor uns rollte eine Concord zur Bahn. Dann mit der gleichen Kiste späten Abends noch die Nachtpost nach Leipzig: Inital-call auf Sächsisch und dann dieser verrückte Landestunt. Mein Kumpel wollte mir unbedingt beweisen, dass er den A320 noch auf einem taxiway gleich vor der middle-intersection abrollen konnte. Als wir aufgesetzt hatten und der Reverser losbrüllte, ging er so kräftig in die Bremsen, das ich fast auf die Mittelkonsole knallte. Den Taxiway hat er geradeso noch erwischt, und als wir auf der Ramp draußen nach den Reifen sahen, verbrannte ich mir fast die Finger an dem Gummi.

Ach, naja: Viele Geschichten eben. Auch ganz stille.

So wie diese.

An einem regnerischen und windigen Spätherbst-Nachmittag saß ich im Terminal in Frankfurt und wartete - einen wohltuend heißen Milchkaffee im Pappbecher in der Hand - auf mein boarding. Ich tigerte wie sonst auch an den regenbeschlagenen, riesigen Glaswänden entlang und sah dem Treiben auf der Ramp und den Taxiways zu.

Es würde ein kurzer und ruhiger Flug zurück nach Hannover werden, sicher würden wir pünktlich landen, ich würde meinen Wagen aus dem Parkhaus befreien und nach einigen Autobahnkilometer meinen abgenutzten, mit Aufklebern gespickten Pilotenkoffer zuhause wieder an seine gewohnte Parkposition stellen. Ein gutes Bier aus dem Kühlschrank oder einen trockenen Rotwein, eine Stunde ruhig am Schreibtisch und gut.

Daran dachte ich kurz, als draußen die 737-800 beruhigend langsam und sehr exakt auf der gelben Linie zum meinem Terminal eindrehte, an der ausgewiesenen Markierung auf dem nassen Vorfeldbeton in die Bremsen ging, kaum wahrnehmbar noch mal im Bugradstoßdämpfer nachwippte und stehenblieb. *Parkbrake: SET; both engines start-levers: OFF; ACL and beacon: OFF; fuelpumps, hydraulics, flightdirectors, anti-ice:*

OFF; APU-bleeds: ON; cabincrew: INFORMED.
Dachte ich noch so für mich.

In den Cockpitfenstern flammte jenes warme, gelbe und gedämpfte Licht auf, jemand klemmte einen Ordner vorne zwischen Instrumentenbrett und Scheibe, während die ersten Passagiere durch den angedockten Rüssel verschwanden, um sich im Moloch des Flughafengebäudes zu verlieren.

Fast eine halbe Stunde später saß ich auf 27A in der Maschine, Pilotenkoffer über mir in der Ablage, die Kabine war voll beleuchtet, ein paar einsame Passagiere, die ihre Plätze suchten und sich mehr oder minder geräuschvoll niederließen: Die Maschine war nicht mal zu einem Drittel besetzt. Dem Sicherheitsanweisungsballett folgte offensichtlich niemand, die Flugbegleiter müssen sich auf diesen Inlandsflügen ja völlig dämlich vorkommen, dachte ich noch mitleidig.

Schließlich zuckte das Kabinenlicht auf, als vorne aufs Bordnetz umgeschaltet wurde und die Beleuchtung wurde gedämpfter, nachdem das Kabinenpersonal alle Gepäckfächer verschlossen hatte. Ich sah beim pushback nach draußen auf die nasse, grell erleuchtete Ramp und überlegte, ob ich mir nach dem Start einen Kaffee oder lieber einen Organgensaft kommen lassen sollte.

Im Lautsprecher über mir knackte es, und als der Captain seine Begrüßungsrede hielt, musste ich laut lachen.

Es war Daniel. Danny.

Danny flog auf der Linie, das wusste ich. Ich kenne Danny schon ziemlich lange: auch er war Schlepp-Pilot als ich Segelfliegen lernte. Linie flog er damals auch schon. Früher als Flugschüler bin ich oft mit ihm im Schlepper hinten mitgeflogen und liebte es, wenn er nach dem Ausklinken mit spitzbübischem und ebenso breitem Grinsen das Gas zurücknahm, kurz aushob und die DR400 fast auf den Rücken legte, um dann mit einem hübschen Abschwung einen ebenso hübschen Sturzflug einzuleiten, um schnell Höhe abzubauen. Jedes Mal ein Genuss.

Also heute im 737-Cockpit. Der Daniel.

Ich zögerte nicht lange. Meine Hand ging nach oben, zum Ruf-Knopf für die Stewardess, ein kurzer Druck.

Wenige Augenblicke später tänzelte eine jüngere Dunkelhaarige zu meiner Sitzreihe.

Ich bat sie grinsend, dem Kapitän mitzuteilen, dass ich an Bord sei, nannte aber nur meinen Spitznamen, den ja alle auf dem Flugplatz kannten. Ich erntete einen ausgesprochen verständnislosen Blick und wiederholte mein Anliegen. Ganz langsam. Ich musste mich wirklich sehr zusammenreißen.

Mit einem sehr zweifelnden *Ja, okay* verschwand sie schließlich nach vorne.

Ich sah nach draußen, wir rumpelten über die Ramp in Richtung irgend eines Taxiway. Plötzlich stand die Stewardess wieder neben mir im Gang und beugte sich zu mir, als hätte sie etwas unglaublich Geheimnisvolles mitzuteilen. *Der Captain lässt Sie in's Cockpit bitten*, sagte sie halblaut mit einem Ausdruck, als hätte sie in eine Zitrone gebissen. Ich entgegnete kurz *Danke*, löste grinsend meinen Gurt und folgte ihr nach vorne. Die anderen Passagiere musterten mich etwas irritiert - schließlich rollten wir ja zum Start.

Als wir endlich vorne angelangt waren, öffnete die dunkelhaarige Schöne die Cockpit-Tür, ich huschte hinein und nahm hastig auf dem jump seat platz. Danny grinste mich an *Du hättest ja mal eher was sagen können*, kicherte er vom linken Sitz nach vorne und stellte mich schnell seinem Co vor, der sich auf den taxiway konzentrierte.

War doch noch rechtzeitig, oder? grinste ich zurück, verschloss meinen Gurt und sah nach draußen.

Wir folgten der grünen Lichtspur des Rollwegs, vor der Schwelle stieg Danny in die Bremsen, wir mussten noch ein paar Landungen abwarten. In hektischem Takt liefen die Lichtpunkte der Anflugbefeuerung immer wieder auf ihren Endpunkt zu, während über ihnen ein einzelner, greller Scheinwerfer heranschwebte, der sich bald in einen schemenhaft beleuchteten A319 verwandelte und ein paar hundert Meter rechts von uns aufsetzte. Etwas Gas und wir standen auf der Bahn.

Ich finde das jedes Mal wieder fast unbeschreiblich: Der weiße Lichtsaum rechts und links und die ebenfalls weißen Unterflur-Lichter der Centerline verschmolzen im Schwarzen Nichts irgendwo am Ende der Bahn zu einer glitzernden und funkelnden Linie, die direkt in den Nachthimmel zu führen schien.

Ich war so versunken, dass ich erst an einer ruckenden Bewegung bemerkte, dass wir unsere Startfreigabe schon bekommen hatten, im Display vor mir lief die Drehzahl der Triebwerke zügig nach oben.

Die Lichterreihen schossen immer zügiger an uns vorbei und schon hörte das Gerumpel des Fahrwerks abrupt auf: Wir waren endlich in der Luft.

Der strahlende Flughafen rutschte unter uns durch: Ein filigranes Lichtnetz von Rollwegen, Startbahnen, Anflugbefeuerungen, End- und Haltelichtern, Vorfeldbeleuchtungen, Parkplatzbeleuchtungen. Das wogenden Scheinwerferband der

Autobahn zog sich endlos hin, als wir in einer sanften Rechtskurve Richtung Innenstadt glitten, das Drehlicht des Towers zuckte ein letztes Mal auf, bevor es unter der Fläche verschwand, unter uns wurde das schachbrettartige Lichternetz der Innenstadt immer kleiner, schließlich verlor die sogar einzigartig blinkenden Skyline ihre Kontur und wir kletterten mit dem sanften Schub der Triebwerke beständig immer höher in den Nachthimmel.

Die Klappen waren längst eingefahren, Danny klickte den endgültigen Kurs und unsere neue Reiseflughöhe in den Auto-piloten und grinste mir über die Schulter zu. *Kaffee? - Mit Milch* lächelte ich zurück und er gab die Bestellung nach hinten durch.

Danny wies nach draußen, wir fanden im Steigflug die ersten patches der Regenwolken und stiegen in eine diffuse, schwarze Wand über uns. Von einem auf den anderen Augenblick wurde alles Nachtschwarz, es gab nichts mehr zu erkennen, kleine Turbulenzen ruckelten unstet und vorsichtig an der Boeing herum, als wir aus unserer langgestreckten Rechtskurve endlich auf auf Kurs gingen - dass sich die linke Fläche wieder ruhig senkte, ließ sich nur am Künstlichen Horizont des PFD bemerken. Draußen vollkommenes Nichts. Eine unheimliche, schwarze Wand ohne jede Orientierungsmöglichkeit.

Dann erhoben wir aus dieser konturlosen Unendlichkeit, noch griffen Wolkenfetzen nach den Winglets, die Strobes an den Flächenenden zauberten einen letzten kurzen zuckenden Halo in die Wolkenreste und wir waren oben.

Im Osten weit oben die blasse helle Mondscheibe, die - noch nicht ganz ausgerundet - eine kühl beleuchtete blaugraue Wol-kenoberfläche sichtbar werden ließ. Sie wurde mit zunehmender Höhe immer flacher und breitete sich wie ein freudloser, grauer Belag unter uns aus, der sich an jedem Horizont mit trister Endlosigkeit hinzog. Nur der Mond stand unverrückbar über all dem und ließ sein kaltes und helles Licht auf unseren leicht wippenden Flügeln ab und zu reflektieren. Ein paar Sterne schimmerten weit oben - ebenso bewegungslos wie kühl.

Wir waren auf Reiseflughöhe, der warme Kaffee in unseren Fingern, die Instrumentenbeleuchtung leicht heruntergedimmt, leise summte das Cockpit. Ruhiger Funkverkehr, kaum zu hören, auf dem ND-Bildschirm tauchte das Warburg-VOR auf, als der Co sich nach dem *your bird* erhob und nach hinten in die Kabine verschwand.

Danny sah kurz über die Instrumente und sah lange durch die Frontscheibe in die Nacht. Dann drehte er sich halb zu mir.

Du weißt ja wohl, wie lange ich das hier schon mache, sagte er nachdenklich und ich nickte.

Wieder sah er nach vorne durch die Scheibe.

Ich kenne einen Haufen Jungs, für die ist das hier wie Busfahren. Ein Job. Nichts weiter begann er wieder. Pause. Ich fühlte, wie er die Worte suchte.

Ich glaube, Du weißt, was ich meine, sagte er knapp. Ich nickte. Ich wusste genau, was er meinte.

Danny räusperte sich umständlich.

Es ist immer die gleiche Anspannung, wenn ich wieder ins Cockpit steige. Immer wieder die gleiche Neugierde, weißt Du?

Er sah mich kurz direkt an. Ich nickte noch mal unmerklich.

Und dann, wenn mich dieses Ding hier durch die Wolken schiebt, ist mir auch jedes mal wieder ganz komisch. Es macht sich in mir breit. Und es ist ziemlich groß

Pause.

Ich bin hier zu Hause, hier oben. Ich gehöre hier hin. Das weiß ich dann, genauer als alles, was ich sonst weiß, sagte er sehr bedächtig und wies mit einer eigentlich zu knappen Handbewegung Richtung Frontscheibe.

Die Kabinentür hinter uns klickte auf und der Co kam zurück, ich hatte kaum Zeit, Danny noch mal unmerklich zuzunicken. Mein Blick nach draußen in das schwebende Nachtschwarz um uns. Im Cockpit eine fast vollkommene Stille, meine Gedanken an all das flogen der Boeing weit voraus, am gleichen Himmel, mit der gleichen Leichtigkeit.

Der Mond stand immer noch unverdrossen hell und blass auf unserer Steuerbordseite, als wir das Warburg-VOR überflogen und Danny den Autopiloten anwies, in den Sinkflug zu gehen, sanft regelten sich die Turbinen ab, die Zeiger auf dem display schwangen vorsichtig zurück, die Höhenskala veränderte sich merkbar und ließ die Zahlenreihe beständig durchlaufen. Das ATIS von Hannover versprach die gleichen Wolken, den gleichen Regen und fast den gleichen Wind wie in Frankfurt. Sinkflugangaben im headset, und mit neuem Kurs sanken wir diesem flachen blaugrauen Teppich entgegen.

Nicht lange und wir huschten über die ersten Fetzen, wieder griffen kleine Turbulenzen nach der Maschine und wir versanken im schwarzen Nichts. Gebannt starrte ich auf den Höhenmesser und plötzlich konnte ich diffuses warmes Licht draußen erkennen, das in der letzten Wolkenschicht hier und da aufglomm. Mit leichtem Schütteln befreite sich die Maschine vom Wolkendickicht über uns und ich konnte unter uns wieder die ersten filigranen Lichtsäume der Straßenzüge erkennen, auf denen sich winzige flackernde Lichter langsam und gezielt bewegten.

Danny drehte sich kurz zu mir und nickte noch mal, ohne das der Copilot etwas merkte und ich musste kurz lächeln.

Die Welt unter uns näherte sich wieder.
Ich erkannte die Berge, die Städte wieder.
Danny grummelte *Ich mach's visual, frag mal nach* und nach dem der Co vom Tower die Freigabe bekam, summte die Autopilotwarnung auf und Danny zog die Boeing in einer großen Linkskurve an den Flughafen heran, noch sehr weit vorne jagte das Strobe der Anflugbeleuchtung pulsierend zur Landebahnschwelle, das Lichterwerk des Flugplatzes war bald deutlich sichtbar.
Klappensettings, der Fahrtwind riss merkbar und laut an den Rädern, nachdem das Fahrwerk aus den Schächten gerumpelt war, Danny schaukelte wie selbstverständlich die schwere Maschine mit leichten Korrekturen den Gleitpfad hinunter, der Regen raste um die Frontscheiben, die künstliche callout-Stimme leierte mit ausdrucksloser Gleichförmigkeit die Höhenangaben herunter.
Nachdem stakkatohaften *retard* fing Danny die 37 vorsichtig ab, ganz weich und langsam setzte die Maschine auf, der Reverser ließ die Triebwerksdrehzahl kurz wieder hochlaufen und einige hundert Meter später folgten wir dem grünen Lichterband des Taxiways zum Terminal.
Als wir dann stillstanden, nur noch die Schalter im Cockpit leise klickten, wieder jenes warme, gelbe und gedämpfte Licht aufflammte, der Co seinen Papierkram auf die Ablage des

Instrumentenbrettes schob und langsam aufstand, saß ich noch einen Augenblick bei Danny, der irgendwelchen Zettelkram ausfüllen musste.

Die Kabinentür hinter uns fiel noch mal ins Schloss. Leise.

Weißt Du, Danny, sagte ich, *das war ein unglaublich schöner Flug. Er war so unglaublich, wie alle anderen auch.*
Danny nickte nachdenklich.
Und Du hast recht. Wir sind immer da oben zu Hause. Mehr als anderswo, sagte ich. Sehr überzeugt. Und sehr überrascht von mir selbst.
Danny sah mich noch einen Moment sehr ernst an.
Komm gut nach Hause, sagte er leise, nicht, ohne mir zuzuzwinkern.

Danke für diesen Flug, schob ich nach, gerade als ich mich durch die schmale Kabinentür quetschen wollte.
Bedank Dich woanders rief Danny mir halblaut hinterher.
Der Co sah uns reichlich fragend an.

Der Blechboden des angedockten Passagierrüssels dröhnte etwas unter meinen Schritten, als ich mich nachdenklich in die Ankunftshalle aufmachte.
Wenig später im Parkhaus klappte meine Autotür schwer ins Schloss. Stille. Ich sah einen Moment lang ruhig aus dem Fenster, die Hände aufs Lenkrad gestützt.

Was war das für ein schöner Flug, sagte ich halblaut vor mich hin und startete den Wagen.

B - 17

E ines Wintertages bekam ich einen Brief aus England auf meinen Schreibtisch.

Ich saß abends in Ruhe bei einem Glas Wein und öffnete den den Umschlag, nachdem ich die sonstige Post durchgesehen hatte.

Ein Anschreiben. Ein Flyer. Fotos.

Dieser Brief kam von einer Gruppe von Leuten, die sich zusammengetan hatten, um ein Flugzeug aus dem zweiten Weltkrieg in flugfähigem Zustand zu halten. Es war ein alter, amerikanischer, viermotoriger Bomber des Typs B - 17 *Flying Fortress*.

Das Anschreiben war sehr persönlich formuliert, keine der üblichen Werbebroschüren-Textbausteine.

Ich erinnerte mich, im vorangegangenen Jahr auf einer Airshow einem der Crew-Mitglieder meine Karte gegeben zu haben. Wir saßen damals bei Kaffee auf der Wiese im Schatten unter der riesigen Fläche der Fortress, links unter Triebwerk Nr. 4.

Auf dem Prospekt fanden sich einige schwarz-weiß-Bilder von diesem Flugzeug, das mal vor einem riesigen Hangar, mal auf dem Vorfeld und mal im Flug in niedriger Höhe über einer südenglischen Landschaft abgebildet war. Zudem waren ein paar andere sehr schöne Fotografien von der Maschine in unterschiedlichen Formaten lose eingesteckt; ich verteilte sie um das Anschreiben auf meinem Schreibtisch.

Die B - 17 war originalgetreu restauriert, versteht sich. Auch die Geschichte des Flugzeugen wurde knapp erzählt:

Von der Entdeckung der Maschine, die 1945 gebaut wurde und durch das Kriegsende nicht mehr zum Einsatz kam. Ich ging zum Bücherschrank und schlug eine Quelle aus meinem Archiv auf: Genau diese B - 17 wurde gleich nach Ende des Krieges als Trainingsflugzeug von der Air Force benutzt, diente dann als Testplattform für Turboprop-Versuche und wurde schließlich ausgemustert. Das aufkommenden Jet-Age ließ keinen Verwendungszweck mehr zu. Die Maschine gammelte in irgendeinem Depot unter freiem Himmel vor sich hin und kam wenig später - erneut umgerüstet - nach Frankreich als Beobachtungsflugzeug. Und schließlich von dort nach England. Ich las über die zeit- und kostenaufwendige Restaurierung mit all ihren Tücken, von der Schwierigkeit, Ersatzteile zu beschaffen, über Finanzkrisen, fundraising-Kampangnen und schließlich über den erneuten Jungfernflug der alten Maschine.

Ich war ziemlich beeindruckt über den Ehrgeiz und den Enthusiasmus dieser Leute, die ich damals auf jener Airshow kennengelernt hatte - denn ich hänge sehr an diesen alten Maschinen, gerade auch an der B - 17: Als Junge schon hatte ich ein großes Modell im Maßstab 1:48 davon gebaut – die Fortress baumelte inmitten eines detaillierten Luftschlacht-Arrangements neben anderen Modellen stoisch und groß an kaum sichtbaren Fäden von meiner Jugendzimmerdecke.

Ich hatte sie im letzten Jahr das erste Mal fliegen sehen. Was für ein schöner und merkwürdiger Zufall, dass mir gerade heute an diesem ruhigen Winterabend dieser Brief auf den Tisch flatterte. Schon als ich damals das Modell baute, hatte ich mir gewünscht, einmal diese Maschine aus der Nähe zu sehen, vielleicht einmal darin herumzuklettern oder gar mitzufliegen, mir vorzustellen, wie das damals gewesen sein muss. Diese Zeit, die ich nur aus Büchern mit Heldengeschichten, alten Fotos, zappeligen Schwarzweißfilmen kenne. Aus den heroisierenden Erzählungen einiger älterer Herren an den Piloten-Stammtischen, die sich rühmten, damals alles miterlebt zu haben.

Damals, während dieses Krieges.

Mit all diesen Gedanken starrte ich an diesem Winterabend nachdenklich auf den Prospekt vor mir, mein Glas Rotwein in der Hand.

Wie das alles wohl war, wie es wohl wirklich war, wie ernst wohl all das war?

Wie das wohl alles war?

Vielleicht wäre es das Frühjahr 1942, vielleicht wäre ich irgendwo im Süden der USA auf dem Land aufgewachsen, hätte mich aus Patriotismus und meiner wilden Begeisterung für die Fliegerei freiwillig zur Army Air Force gemeldet.
Kaum, dass ich die Schule beendet hatte.
Vielleicht hätte ich die medizinischen Tests bestanden, vielleicht mich durch die fast unwürdige Grundausbildung in einem der vielen Camps geschleppt. Vielleicht.
Vielleicht hätte ich dann endlich endlich in meiner fliegerischen Grundausbildung eine PT-17 über Brooks Field durch die ersten Platzrunden am texanischen Himmel gequält, einen besserwisserischen Army-Fluglehrer im Nacken.
Prüfungen, lernen, wieder Prüfungen: Fliegen. Und lernen. Und Prüfungen.
Der erste Alleinflug - ich habe gesungen, geschrieen, gelacht. Total verrückt. Wie alle.
Und dann: Die Wings. *Meine Wings!*
Die Urkunde und meine Lizenz nahm ich voller Stolz mit in die paar Tage Urlaub, die ich nach Hause konnte. Nach Süden. Zu meinen Eltern.
Ich war jetzt Pilot!
Ich weiß noch, die Blicke, als ich mit meinem Vater in Uniform in die Bar kam, in meinem Heimatort, diesem kleinen Nest. Alle saßen wie die Hühner auf der Stange an dieser langen Bar, ältere Farmer. Alle anderen waren im Krieg.
Die blank polierten Wings glänzten über der Klappe meiner linken Brusttasche.
Jungs, sagte mein Vater, *mein Sohn ist jetzt Pilot*, und er nickte

bedächtig. Ein kurzes, anerkennendes Raunen, jemand drückte mir einen doppelten Whiskey in die Hand und dann hoben alle kurz das Glas.

Ich war jetzt Pilot.

Vielleicht hätte ich wenig später meine Verwendung bekommen. Bomber fliegen sei viel schwieriger und viel anspruchsvoller als Jäger, so sagte man uns. Und ich griff zu. *Transition training*. Vielleicht wäre ich nach neun Monaten Ausbildung dann auf die B - 17 eingewiesen worden.

Auf die B - 17! Die Fortress. Das neueste Flugzeug!

Geflogen, geübt, gelernt, gelernt und geflogen. Fünfzehn Wochen Training, fast zweihundert Flugstunden. Weiter zum Kampf-training, zur Operational Unit Combat Training, wie das hieß. Nach Pyote in Texas. Taktisches Fliegen. Instrumentenflug. Stunde um Stunde. Tag und Nacht.

Die Beförderungen. Und schließlich: Captain. Der B - 17.

Ich war sehr stolz, sehr hungrig auf den Krieg. Sehr stolz. Und ganz sicher wäre ich - wie die anderen auf dem Stützpunkt - ganz versessen darauf gewesen, wann das nun alles endlich losginge.

Die ersten Einsätze.

Ich lehnte mich zurück, sah kurz nach draußen, es hatte mitten in der Nacht zu schneien angefangen.

Neben dem Weinglas lag der Prospekt, auf dessen Bilder ich immer noch sah; um mich war es still.

Und meine schwarzweißen Fotos vor mir füllten sich langsam und immer mehr mit Leben.

Vielleicht wäre ich dann (endlich, endlich, endlich) mit der Achten Luftflotte nach England geschickt worden. Anders, als die Mannschaften, die eine endlose, sturmgequälte Atlantiküberfahrt auf einem völlig überfüllten und stickigen Truppentransporter über sich ergehen lassen mussten, während wir geflogen.

Vielleicht hätten wir in Scott Field / Illinois eine brandneue B - 17F zugewiesen bekommen. Direkt aus dem Werk. Nur zwölf Flugstunden im Log. Alles neu, glänzend, unbenutzt. Meine Fort.

Und auch dort wieder Training, die Vorbereitung für den langen Überführungsflug nach Schottland. Meine Crew wuchs zusammen. Ein guter Haufen. Gute Jungs. Aus allen Teilen der Staaten. Instrumentenflüge bei Tag und Nacht, Systemkalibrierungen an *unserer* B - 17, die ersten, endlosen Flüge über Wasser.

Und dann machten wir uns bereit für den Sprung über den Tümpel, wie wir das nannten: zunächst nach Gander auf Neufundland in Kanada. Hier die letzten checks, angespannte Betriebsamkeit, vor uns über zweitausend Meilen Wasserwüste bis Prestwick in Schottland. Der erste Stop. Unruhiger Schlaf. Wird alles klappen, habe ich nichts vergessen? Die Verantwortung für meine Crew. Bloß keinen Mist bauen.

Kann ich das? Schaffe ich das wirklich?
Aber alles lief fast außergewöhnlich gut, wir flogen bei bestem Wetter los, zumeist weit über den Wolken, die nur ab und zu einen Blick auf die düstere Wasserfläche tief unter uns

freigaben.

Und wir wären nach vielen Stunden befreit auf dem schottischen Boden ausgerollt.

Und dann schließlich in den Krieg.

Zu unserer neuen Heimatbasis.

Ein Flug nach Südengland bei fast ruhigem Wetter über dieses so schöne weite, grüne und oft flache Land mit seinen vielen verstreuten Ortschaften, verbunden durch schmale Straßen, die vielen heckenbewehrten Felder ließen unter uns ein großes Landschaftspuzzle entstehen, das bis zum Horizont reichte. Ab und zu ein Regenschauer, dessen grauer Wasservorhang den Blick nach unten verschleierte.

Und dann plötzlich mittendrin einer dieser Flugplätze. Unser Flugplatz. Zwischen so vielen anderen, die wir in diesen beinahe zwei Stunden überflogen, auf denen wir erstaunt unten die unglaublichen Massen von Flugzeugen stehen sahen. Unser Flugplatz. In der Nähe ein kleines, geducktes, graues englisches Dorf, das vielleicht Chelveston, Knettishall, Thorpe Abbotts oder Franglingham heißt.

Der Himmel wird grau.

Holzschilder mit taktischen Zeichen, mit weiß bemalten Steinen abgeteilte Wege, die verästelt zu ganzen Reihen von Nissenhütten, Zelten, und flachen, hastig errichteten Baracken führen; der schmutzige Rauch aus ihren schmalen Schloten wird sofort vom Wind zerrissen, ein unüberschaubares Areal mitten in der südenglischen Weite.

Eines von vielen hundert Flugfeldern, die dort während des

Krieges aus dem britischen Boden gestampft wurden, alle nach dem gleichen Muster: Gleich hinter der Wache verteilt die Gebäude für den Stab, Einsatzbaracken, Kantinen, Briefinghütten, weiter draußen drei breite Startbahnen, die sich im Winkel von fast 60 Grad schneiden, an ihren Enden verbunden durch den perimeter-track, der sich wie eine Ringstraße um ganze Flugfeld schlängelt, alle Bahnen miteinander verbindet. An ihm die Abstellplätze für die Bomber, rund ums Flugfeld verteilt, die schleifenförmigen loop-hardstandings, im Süden an einem kleinen Vorfeld der simple, einstöckige, kastenförmige Tower aus Backsteinen mit der Außentreppe, der Galerie.

Die Verbindungsstraßen zu den riesigen T-2 Hangars, Werkstätten, dahinter die Wache und etwas außerhalb des Flugplatzes die Unterkünfte, Messen.

Irgendwo im Wald versteckt die Bomben- und Munitionssilos. Eine neue Welt. Anders, als ich erwartet hatte: Roh, kalt, grau, nass und abweisend.

Ich hätte sicher eine Zeit neugierig verblüfft irgendwo herumgestanden.

Zwischen den umherrasenden Willies irren alle auf Fahrrädern scheinbar ziellos herum, Taschen oder einfache Werkzeugkisten an der Lenkstange. Jeder scheint hier ein Fahrrad zu haben.

Endlich halten wir vor unserem Quartier.

Wir. Die Neuen.

Ein Sergant weist uns die Unterkünfte zu: Ein großer Raum für die Mannschaften; wir haben in den Nissenhütten einen eigenen für jeden von uns: Ein schmales kaltes Zimmerchen mit einem Fenster, Bett, Tisch, Stuhl und Schrank an einem noch schmaleren Flur. Keine Toilette, keine Dusche.

Angekommen.

Im Krieg.

Bald die Begrüßung durch den Kommandanten in der Messe.

Markige Worte, kurz, eindringlich.

Der Zeitplan für die kommenden Tage, Anweisungen.

Wir sind noch die Rookies. Die Anfänger. Man beachtet uns kaum.

Wir die anderen aber schon: ihre Wortkargheit, ihre müden Blicke, ihre Unruhe. Ihre Trophäen, ihre Unzugänglichkeiten, die wir noch als coolness fehldeuten.

Und: Woher bekommt man - zum Teufel - bloß so eine Irving-Jacke??

Und: Gleich am zweiten Tag die ersten Einsätze.

Und: Fliegen, fliegen, fliegen. Training. Und mehr Training. Formation und Taktische Formationen, und Formation und Formation. Enge Formation. Sehr eng. Wehe dem, der ausschert. Angriffslinien, Navigationsflüge, Landeverfahren, das schlechte Wetter in Europa macht uns sehr zu schaffen: Es ist kalt und windig, niedrige Wolkenuntergrenzen. Regen. Viel Regen. Trotzige Nebeldecken, die sich auch dann kaum lichten wollen, wenn die Sonne durch ein paar schmale, unvorsichtige Löcher blinzelt. An manchen Tagen können wir gar nicht fliegen, sitzen bis am Nachmittag im Unterricht, der dann stattfindet, abends gelangweilt, frierend und durchnässt in kalten Nissenhütten vor qualmenden Kanonenöfen. Stundenzählen. Lesen. Schreiben. Oder zu einem Bier in der Messe.

Die ersten Tips von den alten Säcken: Tut dieses, lasst jenes.

Vergesst den ganzen Ausbildungs-bullshit. Hier fliegst Du mit den anderen. In einer B - 17-Wolke. Im verdrießlichsten Wetter der Welt. Pass auf Deinen Hintern auf. Sei wachsam. Immer. Verlass Dich auf nichts: Es wird anders kommen. Immer. Und nach der Mission fliegst Du alleine für Dich. Nur heile zurückkommen.

Das ist alles.

Wir wunderten uns.

Ich weiß das noch genau. Alles andere weiß ich auch noch. Der Nachmittag eines schönen Frühsommertages. Wir hatten einen recht guten Trainingsflug hinter uns und ich saß mit meiner Crew nach einem kurzen de-briefing wieder bei der Maschine. Die Sonne schien schon recht warm, wir saßen also im halbhohen Gras und konnten auf die Runway hinüber-sehen.

Wie gesagt: Es war später Nachmittag. Das war die Zeit vor den Landungen. Die Maschinen mussten von ihren Einsätzen über dem Kontinent bald zurück sein. Wie jeden Tag. Und alle sind in diesen Stunden angespannt, laufen nervös und gekün-stelt überall herum, beobachten den Horizont, versuchen, die ersten Motorengeräusche zu finden. Alle.

Und dann waren sie da.

Erst ein paar kaum sichtbare, fast lautlose Punkte am Horizont.

Sie kamen zurück.

Und alle ließen das sein, was sie gerade taten, rannten zu ihren Fahrrädern oder liefen sofort los, um aufs Flugfeld zu kommen. Wie immer eben.

Flugzeuge zählen. Ob alle zurückgekommen sind.

Ein ruhiges Bild, sanftes Licht über den vielen Feldern,
Hecken, ein farbenprächtiger Himmel kündigte den Abend an.

Und die winzigen schwarzen Punkte am Horizont, gegen die
tief stehenden, warme Nachmittagssonne - kaum zu erkennen.
Langsam kamen sie näher, bald hörten wir den vertrauten und
volumiösen Klangteppich der Motoren.
Wie sie sich weit hinten in großem Abstand in die Platzrunde
einfädelten.
Rotkreuzfahrzeuge mit laufenden Motoren auf dem Gras
neben der Runway.
Als die ersten Maschinen landeten. Holprig, aber sicher.
Dann die hochgerissenen Arme, Rufe…
Im langen Endteil eine einsame Fortress mit einer schweren,
öligen Rauchfahne aus Nummer vier, Nummer zwei stillge-
legt. Als die Maschine über die Schwelle rauschte, sah ich das
zerfetzte Seitenruder, das aufgerissene, blinkende Blech auf der
Backbordseite in Höhe des Funkers und ich sah, wie die
Armada der schreienden Rotkreuzwagen über die Landebahn
der Maschine hinterherschoß; die Fortress rollte einfach neben
der Bahn ein paar zehn Meter ins Gras und blieb in völliger
Geräuschlosigkeit mit schwelenden Triebwerken stehen.
Ich habe die abgehackten herzzerreißende Schreie neben den
Rotkreuz-Autos gehört, die weit hinten wie Spielzeug an dem
rauchenden Wrack standen.
Der leicht feuchte Luft trug sie manchmal duch die Stille wie
abgerissen herüber.
Was haben die bloß erlebt, dachte ich noch.
Den abgrundtiefen Schreck, der mich dann durchfuhr, habe
ich ganz schnell wieder vergessen.

Andere landeten mit zerfetzen Seiten- oder Höhenrudern, anderen war nach Frontalangriffen die komplette Bug-schützensektion weggerissen worden und unter dem Cockpit sah es aus wie in einem Schlachthaus.

Wieder andere machten Bruch, weil das Fahrwerk überhaupt nicht oder nur auf einer Seite heraus kam.

Oder sie kamen gar nicht zurück.

Alles hat sich so tief in mir eingeprägt. Alles. Wirklich alles.

Es übertraf jede Ahnung, jede Vorstellung, jede Fiktion.

Bei einer anfliegenden Fortress funktionierten Hydraulik und Teile der Elektrik nicht mehr, hörte ich später. Auch sie bekam das Fahrwerk nicht heraus und ich sah sie auf dem Bauch landen.

Als Folge der vielen Ausfälle und durch einen fast direkten Flak-Treffer hatte sich der ball-turret - der bewegliche Waffenstand unter dem Rumpf - verklemmt und ließ sich nicht mehr in die Richtung bewegen, um den Bordschützen in den Rumpf klettern zu lassen. Er saß schwer verletzt und ohne Fallschirm fest in der engen bewegungslosen Kapsel unter dem Rumpf und konnte nicht heraus. Zu allem Überfluss ließ sich das Fahrwerk auch nicht mehr manuell ausfahren.

Der Pilot machte Überflüge, legte zwei Triebwerke still, um Sprit zu sparen und Zeit zu gewinnen und flog so über dem Platz bis seine Tanks trocken waren, aber niemand konnte dem eingeklemmten Bordschützen helfen. Nichts zu machen. Gar nichts.

Dann musste er runter. Er musste. Er versuchte, die Maschine auf dem Gras neben der Bahn zu landen. Das machte aber auch keinen Unterschied. Der Bordschütze wurde bei der ersten Bodenberührung der Maschine mit seiner Kanzel sofort völlig zermalmt.

Er war gerade neunzehn Jahre alt geworden und hatte sein fünfzehnte Mission hinter sich. Er hatte ein Mädchen aus dem benachbarten Dorf kennengelernt und sich letzte Woche ihren Eltern vorgestellt, hörten wir dann.

Der Pilot der notgelandeten Fortress war über zwei Wochen *nicht einsatzfähig*.

Also nur noch besoffen.

Er wurde dann abgelöst.

Wie lässt sich das alles vergessen?

Niemals.

Wir gewöhnten uns daran. Dachten wir jedenfalls. Auch an die Wracks längs der Bahn, die am nächsten Tag wie von Geisterhand weggeräumt worden waren.

Aber die schwarzen Brandflecken im Gras neben dem Beton konnte man aus der Platzrunde noch einige Tage lang sehr gut sehen… Wir dachten, dass wir uns daran gewöhnen. Niemand gewöhnt sich an das alles. Niemand.

Dann begannen die ersten richtigen Einsätze für uns Rookies. Zum Milchholen fliegen, nannten sie das. Kurz über den Kanal nach Frankreich, Aufklärungs- oder Wettererkundungsflüge. Wieder und wieder.

Das war weitestgehend unspektakulär, sah man vom ersten Flakbeschuß an der der französischen Normandie-Küste ab. Aber wir wussten, wo sie waren und stiegen einfach über sie hinweg.

Die gefürchteten Jäger bekamen wir dabei eigentlich nicht zu Gesicht. Doch unsere erste Angst war keine Routine.

Und ich hätte diese Maschine geliebt. Jeden Schalter, jedes Instrument, jede Vibration. Das beruhigende, sonore Triebwerksgeräusch, jede Drehzahlveränderung traf meine Wahrnehmung. Die Ruderdrücke am Steuerhorn. Auf einmal alles vertraut, nahe in mir.
Wie ein neuer Sinn.

Die ersten Bombardierungen. Über Frankreich. Die Ziele waren ein paar Straßenkreuzungen, irgendwelche Eisenbahnknotenpunkte.
Die Maschine erhob sich immer wie befreit und erleichtert, wenn die Bomben aus den Schächten taumelten und wir mussten kräftig nachdrücken, um in der Formation zu bleiben.
Weit unten und kaum greifbar für uns hinterließen wir eine Schneise, weit sichtbar durch große Rauchfahnen, durch die Brände, die den Explosionen folgten. Wir hinterließen Zerstörung und Leid und Tod. Aber daran dachten wir nicht. Oder fast nicht. Vielleicht manchmal.
Wir waren nur erleichtert und befreit, wenn wir wieder auf dem track nach Hause waren.
Nach Hause fliegst du nur für dich allein. Nach Hause.

Ihr habt's gut, sagten die Alten. Ihr müsst nicht nach Deutschland. Nur *milk-runs*.

Eines Tages rauschten zwei deutsche Messerschmitt quer durch unsere Formation, merkwürdigerweise ohne auf uns zu feuern. Das war auf der Höhe von Le Havre, kaum das wir die Kanal-küste hinter uns gelassen hatten.

Wir waren völlig verdutzt, im Kopfhörer schrie jeder aufgebracht irgendeine wirre Meldung ins Nichts, und als wir uns wieder gefasst hatten, waren sie verschwunden. Das alles vielleicht nach zwanzig, dreißig Sekunden.

Es fiel kein Schuß. Schnell vorbei.

Wir hatten sie gesehen. Deutlich.

Wir landeten und waren alle Helden voller Hochgefühl. Denn wir hatten sie gesehen. Die Messerschmitts, von denen immer alle erzählten. Vor denen sie sich fürchteten.

Der Nachrichtenoffizier, dem wir beim de-briefing berichten mussten, war nicht der einzige, der bloß mit den Schultern zuckte.

Am späten Nachmittag dann waren wir wieder einmal draußen und zählten die Maschinen, die zurückkamen. Nach Hause.

Vierundfünfzig waren gestartet. Kurz vor uns.

Achtunddreißig kamen zurück. Nicht mehr.

Achtunddreißig.

Keine Landemeldungen von Plätzen in der Nähe.

Es blieben achtunddreißig.

Sechzehn Maschinen kamen an diesem Tag nicht zurück.

Sechzehn Besatzungen.

Einhundertsechzig Männer.

Einhundertsechzig.

Und dann nach Deutschland. Gleich am Tag danach.

Wir erfuhren es morgens beim Briefing. Nach dem Frühstück.

Vielleicht hätte ich mit den anderen am Abend vorher in der Offiziersmesse in den zerschlissenen Sesseln an Tischen oder eben an dem abgenutzen Tresen herumgelungert und meine Einsamkeit und meine Angst vor diesem Krieg mit hochprozentigem Gesöff und heldenhaften Sprüchen versucht zu betäuben.

Die mit dieser glänzenden Ölfarbe bemalten Wände, an den Trophäen hingen oder gemalte Skizzen blonder Mädchen mit zu üppiger Oberweite oder holzschnittartige Karrikaturen von heldenhaften Einsätzen prangten. Wir hätten, wieder mal, wie nach jedem Einsatz, das Glas auf die erhoben, deren Flugzeuge jetzt zerborsten und ausgeglüht irgendwo auf dem Kontinent liegen, Freunde, mit denen wir noch am Abend zuvor die gleichen Sprüche geklopft haben, die gleichen Drinks leerten, mit denen wir noch gestern genauso anstießen und die wahrscheinlich jetzt alle tot oder gefangen waren.

Wir wären dann wahrscheinlich ziemlich betrunken und jeder sehr für sich in unsere Unterkünfte getorkelt und hätten versucht, ein paar Stunden Schlaf zu finden, in der Hoffnung, den immer aufgeregten, wirren Träumen zu entrinnen. Vielleicht wären wir nach einem dieser kurzen feuchten englischen Frühherbstnächte um vier Uhr früh übermüdet und erschöpft vom den Eindrücken des letzten Tages aufgestanden, nach einer spärlichen Toilette aus unserer schlecht isolierten, halbrunden Nissenhütte ein paar hundert Meter in der Dunkelheit in die Messe zum Frühstück gewankt, hätten, noch schlaftrunken, Spiegelei und Speck mit ein paar Tassen scheußlichen Kaffees heruntergespült, und uns eine knappe Stunde später mit den anderen Besatzungen im spärlich beleuchteten briefingroom wiedergefunden.

Draußen ist es vermutlich immer noch dunkel gewesen. So ein

klassischer, südenglischer Morgen eben, durchdringend feuchtkalt, tiefer Nebel wie ein Tuch ausgebreitet über dem Flugplatz und den weiten Feldern der Umgegend, unsere Festungen schemenhaft im ersten weichen Licht weit hinten auf den Abstellplätzen.

Der Stützpunkt lebt schon seit Stunden - überall rasen lärmend Jeeps und Lastwagen durch den Matsch, die herab-hängenden Lampen des Briefingrooms spenden ein trauriges Licht, alle räkeln sich müde auf ihren Stühlen, halblautes Ge-rede, das erst verstummt, als die Tür mit einem sehr lauten Ruck aufgerissen wird.

Alle reißen sich von den Stühlen hoch, der CO geht mit dem Meteorologen und dem Einsatzoffizier zügig durch den schmalen Gang und klettert auf eine Art Bühne, macht eine kurze Handbewegung als Zeichen, dass wir uns wieder setzen sollen.
Wie im Kino wird ein Vorhang beiseite gezogen, dahinter er-scheint eine große Landkarte mit sehr vielen bunten Strichen und Markierungen. Die kurze Ansprache des Kommandanten, wie immer mit ein paar aufmunternden Appellen versehen, die keiner von uns mehr hören kann.

Der Einsatzoffizier, der uns mit seinem Zeigestock an der Karte erklärt, wo wir hinfliegen, wann wir die Begleitjäger treffen, welche Kurse und Ausweichplätze in Frage kommen, gibt uns Frequenzen, Zeitpläne, Anweisungen über Roll- und Abflugverfahren.
Nach Deutschland. Das erste Mal. Wir sind fast geschockt.

Es ist also soweit. Heute also.

Die erste Anspannung, die Müdigkeit verschwindet schnell.
Und ist doch noch da. Irgendwie.

Dann der Meteorologe: stabile Hochdruckwetterlage, nichts wichtiges.

Briefing Ende. Die Navigatoren und Bombenschützen bleiben sitzen: Nav-briefing.

Wir gehen raus in die Dämmerung. Der erste Tageslicht schleicht langsam am feuchten Horizont hoch. Der Nebel liegt jetzt flach und federleicht über den Feldern im Gegenlicht. Wie ein stilles Bild.

Ich muss schlucken und mir wird sehr schwer.

Wir werden es schaffen. Natürlich werden wir es schaffen. Ist ja das erste Mal. Das dachten wir übrigens auch nach dem zehnten Mal. Und nach dem fünfzehnten Mal auch.

Jeder dachte so. Wir schaffen das. Sie kriegen uns nicht. Wir sind die beste Crew. Ganz sicher. Glücksbringergehabe. Handauflegen. An unsere bunten, selbstbewußten Rumpfgemälde.

Ein kleiner, beruhigender Selbstbetrug. Immer wieder neu. Denn eigentlich wussten wir, dass es ganz anders war.

Unterdessen werden draußen unsere Vögel mit Bomben beladen, die Bordwaffen aufmunitioniert, getankt.

Noch Zeit bis zum Abflug. Verfluchte Warterei. Nervöses Hin- und Hergerenne, unstete und unsinnige Rumkramerei in irgendwelchen Sachen, eine Zigarette nach der anderen.

Die zerstörerische Mischung aus Anspannung und Müdigkeit macht uns aggressiv und unruhig. Jeder mit den gleichen

Fragen im Kopf. Werden wir in zehn Stunden wieder hier sein? Wen wird's heute erwischen? Was wird passieren? Was?

Mit den anderen meiner Crew wären wir auf unseren alten Fahrrädern durch die schwerer kalten Nebelschwaden zur Einsatzbaracke geradelt, um unsere Ausrüstung abzuholen: Fliegerjacken, Waffen, Kombis, Fallschirme, Schwimmwesten. Wir hätten unser Zeug auf einen Jeep geworfen und damit auf dem taxi-track entlanggejagt, bis wir draußen an unserer Fortress angekommen wären. Jetzt ein bis an die Zähne bewaffnetes fliegendes Monstrum: Über dreißig Meter Spannweite, angetrieben von beinahe fünftausend PS, dreizehn Browning-MGs, Kaliber 50. Über zwei Tonnen Bomben im Bauch.

Ich gehe um meine Maschine.

An manchen Stellen blättert braun-grüne Lack von der nassglänzenden metallischen Haut, hinter den Motoren sind die Flächen von den Abgasfahnen rußgeschwärzt, die Kanzeln sind noch völlig beschlagen von der feuchten Morgenluft.

Die Reifen des Fahrwerks noch in Bremsklötze eingesperrt. Outboard-check. Die Feuchtigkeit des Nebels rieselt in kleinen Tropfen von den mattschwarzen Propellerblättern.

Antrainierte, kritische Blicke über Lufteinlässe, Profiloberflächen, Ruder, Verriegelungen, Bremsen, Klappen…

Ich hätte die Luke auf der Backbordseite direkt unter dem Cockpit geöffnet, hätte mein Zeug ins Innere geworfen und wäre dann mit diesem eleganten, oft geübten Klimmzug ins Innere gehechtet, durch den schmalen Gang nach oben ins Cockpit gekrochen und hätte mich schwer auf dem Pilotensitz niedergelassen. Auch die anderen hätten sich in diese Maschinenröhre gedrängt, alle Türen geschlossen und sich für die Startchecks an ihre Positionen gesetzt: Copilot, Bordschützen, Funker, Navigator, insgesamt nicht weniger als zehn Mann.

Ich hätte wahrscheinlich eine zeitlang müde und selbstvergessen durch das beschlagene Kabinenfenster auf die schemenhafte Welt des Flugplatzes draußen gestarrt, bis mein Co sich neben mir ungelenk und viel zu laut mit seinem Gurtzeug zu schaffen gemacht hätte.

Vermutlich hätte ich erst den Radio Check erledigt und den heutigen Code zum Tower gefunkt, etwa *Tower, tree-six-seven for radiocheck: Charlie, Delta, November, Victor, Tango, Oscar, over*, und der Controller hätte bestätigt, ich hätte die Klarmeldungen der einzelnen Stationen in unserer Maschine verlangt, dann wären wir die Anlass-Checkliste durchgegangen.

Prop-area clear, parkbreak setgenerator off, fuelpump on, hydraulic system on, primer as required, throttles idle, cowl flaps open.

Warten.
Und warten. Warten.
Endlich wäre eine Leuchtkugel für die Anlassfreigabe aufgestiegen, und wir hätten die Motoren der Reihe nach gestartet, *chocks removed, taxi-checks.*
Oder die weiße Leuchtkugel: Einsatz abgeblasen. Wegen Wetter über dem Ziel. Zermürbendes Warten. Warten.
Und warten. Warten.
Dann vielleicht doch: Die Leuchtkugel zum Abrollen, im Osten das fahle gelb-orange der Morgensonne durch die zarten Nebelbänke, *breaks released* und noch ein wenig Gas, schüttelnd rollt die Maschine an, der Einweiser winkt mich nach links auf

den taxi-track, wir reihen uns ein in die Armada rollender Flugzeuge, viel ruckelige Arbeit mit den laut quietschenden Bremsen, die Müdigkeit wie weggeblasen.

Die Maschine zittert unter den Vibrationen der Triebwerke.

Wir rollen auf die Runway, Startchecks, Spornrad verriegeln. Eine grüne Leuchtkugel hinten bei den Hangars, Hebel auf den Tisch und los: Unsere voll beladene Mühle humpelt mit schreienden Motoren viel zu langsam und zu träge über den breiten Betonstreifen und gewinnt endlos langsam mehr Geschwindigkeit, scheint zäh am Boden zu kleben. Genau dreißig Sekunden nach der zuvor gestarteten Maschine.

Wie jedes Mal warte ich mit unglaublicher Anspannung auf den ersten Steuerdruck an den Rudern, das Spornrad löst sich nur in Zeitlupe vom Boden.

Und sie will noch nicht fliegen, die Motoren rasen unter Volllast weiter, das nervenaufreibende Spiel lässt mich völlig wach und schneidend klar kalkulieren: Alle Instrumente zittern in höchster Aufregung auf den Skalen, der Zeiger auf dem Fahrtmesser scheint langsame Minuten bis zum Grünen Bereich zu brauchen, und die Bahn wird mit jeder kleinen Sekunde kürzer. Doch weit vor dem Ende des riesigen Betonstreifens hebt sich das Spornrad und ich ziehe das Steuerhorn vorsichtig millimeterweise zu mir, träge löst sich die Maschine vom Boden, sanft nachdrücken…

Geschwindigkeit, Geschwindigkeit… das Fahrwerk huscht über Weidezäune und Hecken, unser kaum wahrnehmbarer Steigflug, die Räder rumpeln in die Motorgondeln.

Unruhige Blicke nach draußen. Hunderte Maschine in der Luft – nicht nur vom eigenen Fluglatz. Hunderte Maschinen in der Luft und kein Funkverkehr, keine Fluglotsen.

Nur wilde Aufmerksamkeit.

Vorsichtig steigt der Bomber in stillen morgendlichen Himmel über dieser sanften südenglischen Landschaft, wir fliegen dem Leithammel hinterher, klettern mit 300ft/min. ruhig im Verband durch die ersten Wolken, zwischendurch die routinemäßigen checks, Sauerstoffmasken anlegen, Funkstille.

Die Maschinen sammeln sich langsam, schließen dichter auf, Waffencheck als wir über der Nordsee sind. Die Brownings rattern los, es sägt an unser aller Nerven. Jedes mal wieder.

Heute noch ein vielfaches mehr.

Dann wird es wieder ruhig.

Sehr ruhig.

Swing summt durch die Kopfhörer. Eine schöne warme, verschlafene Benny Goodman-Ballade. Irgendeine Radiostation, die unser Funker eingefangen hat.

Weit oben über den Wolken zieht unsere Formation wie auf einem wunderbaren Ausflug gelassen und blinkend durch das gleißenden Sonnenlicht, das gleichförmige Brummen der Motoren ist wieder da und beruhigt uns.

Wie in einem hellen freundlichen Gemälde ziehen wir kaskadenförmig endlose Kondensstreifen in das kühle Himmelsblau.

Fast wie ein Lustflug, überlege ich. Was für eine schöne Welt hier oben.

Welcher Frieden.

Welch ein Traum.

Der Sender im Kopfhörer verschwimmt bald in leisem Rauschen und dann ist nur noch das sonore Triebwerksgeräusch gleichmäßig um uns. Strahlend tiefblauer Himmel über uns. Spielerisch immer noch die verwirbelnden Kondensfahnen hinter unseren Maschinen. Eine Wolkendecke sehr weit unter der großen Formation. Gleißende Sonne, manchmal kurz aufblitzende Reflexe an den anderen Maschinen um uns.

Die Meldung des Navigators knackt im Kopfhörer.
Wir sind wir am vereinbarten Treffpunkt mit den Jägern, aber so viel wir auch Ausschau halten - sie sind nicht zu sehen.
Die Angst kriecht wieder zurück in unser Cockpit, ich erkenne sie an rasselnden Atemstößen in der Sauerstoffanlage, an unseren Blicken, am fahrigen Herumgefingere, an der gespielten Selbstbeherrschung.
Immer noch: Die Abgasfahnen der vorausfliegenden Maschinen kondensieren sofort am kristallblauen Himmel, und wir ziehen ein bizarres Streifenwerk durch die Luft.
Weit zu sehen.
Auch für die anderen.
Und die Flak wird nicht lange auf sich warten lassen, wir suchen nach den Splitterwesten, setzen unförmigen Stahlhelme auf.
Voraus die holländische Küste - wie ein paar große hingeworfene Kieselsteine liegen die Friesischen Inseln vor dem Festland, endlich sind auch unsere Jäger da, eine Mustang heult im Messerflug zum Greifen nah durch unseren Verband, weit ab sehe ich acht Jäger in einem Pulk über den Bombern kreisen.

Es wird ernst.
Sie werden schon auf uns warten.

Weit voraus der erste Flakbeschuss, kleine, schmutzige braune Wölkchen, die jäh entstehen, eine Weile harmlos Himmel hängen, bis sie vom Wind zerblasen werden. Sie schweben fast auf gleicher Höhe, vermehren sich schnell, wir steigen leicht. Ich fühle, wie sich meine Hände um das Steuerhorn krallen. Wir ziehen viel zu langsam über den Flakgürtel hinweg und suchen mit zusammengekniffenen Augen den Horizont ab, unter uns die Küste, wechseln den Kurs. Nicht mehr weit.

Wäre das alles so gewesen?
Mein Blick nach draußen. Der Schnee fällt noch immer. Sanft und leise.
Ich lege den Prospekt aus der Hand; es ist mir, als wenn ich aus einem langen Traum erwache – ich stehe auf und gehe, das Weinglas in der Hand, zum großen Fenster und sehe hinaus in die winterliche Dunkelheit.

Und jetzt ich erinnerte mich wieder an ein paar Flüge mit einer TB-25D zurück: Ich saß auf dem Co-Sitz, das zitternde, abgewetzte Steuerhorn in der Hand, die Linke auf dem throttle, beide Füße in das Ruderwerk gestemmt, der ständige Blick nach draußen – auch auf die Triebwerke, die ein paar Meter draußen neben mir brüllten und zurück auf den Uhrenladen vor mir, crosschecks, und ich dachte:
Ja. So war das wohl damals.
Ruderdrücke, die jede Minute Kraft und Aufmerksamkeit brauchen.
Viel fliegerisches Gespür. Weitvorausahnungen.
Triebwerksgeräusche, die jeden Instinkt fordern.
THIS is not easy.
Etwas später flog ich im Heckstand derselben Maschine mit. Ich saß

auf einer Art überdimensioniertem Fahrradsattel, es gab kein Gurt-
zeug, ich war eingeklemmt zwischen der engen Kanzel über mir,
einer Zielvorrichtung und dem gewaltigen Doppel-MG samt
beengender Munitionzuführung links und rechts neben mir und der
beweglichen Auslösemimik zwischen den Knien. Ich hatte eine
fantastische Sicht zwischen den Doppelleitwerken und machte einen
Haufen Fotos.

Etwas länger als seine Stunde saß ich dort. Sehr unbequem und sehr
weit entfernt von den anderen. Von ihnen getrennt durch einen
schmalen Kriechgang über den Bombenschacht, schmalen Trittrosten
über nacktem, vibrierenden Blech, um mich dunkelgrün grundierte
genietete Bleche, Spanten, Kabelstränge und im Motorenlärm
zitternde Steuerseile über mir.

Ich saß dort hinten - es war ein schöner, warmer Sonnertag kurz
vor Sonnenuntergang und ich bewunderte den Himmel, wir flogen
in einem großen Kreis rund um Berlin, die Sonne blitzte ab und zu
in den Havel-Verzweigungen und den vielen Seen auf. Wie gesagt:
Wir flogen vielleicht etwas länger als eine Stunde.

Es war ein friedlicher Flug in ruhiger Luft am Abend in einem
alten Bomber.

Nicht mehr.

Mehr für mich selbst nickend ging in zurück an den Schreibtisch,
schenkte mir noch etwas Wein nach und sah wieder auf das
Bilderkaleidoskop vor mir.

Vielleicht wären wir auf unser Ziel losgeflogen. So ähnlich?
Über Holland wären wir in die Reichweite derer gekommen,
die sicher schon warteten: Auf die Jäger.
Die lauerten: Auf den stoischen Konvoi über ihnen, der anflog,
um ihre Städte zu bombardieren, ihre Heimat.

Vielleicht wäre es das Frühjahr 1942 gewesen, vielleicht wäre einer dieser Piloten irgendwo Nordeutschland auf dem Land aufgewachsen, hätte sich aus Patriotismus und seiner wilden Begeisterung für die Fliegerei freiwillig zur Luftwaffe gemeldet. Die Schlacht um England - obwohl verloren - hatte ihre Helden geschaffen.

Kaum, dass er die Schule beendet hätte.

Nach der unwürdigen Grundausbildung zu einer A/B-Schule, wo er das Fliegen mit leichten Flugzeugen wie der Klemm 35, der Focke Wulf 44 und der Bücker 131 erlernte. Und weil so viele Piloten gebraucht wurden, erlangte er nach einem sehr rudimentären und verkürzen Programm den begehrten Luftwaffen-Flugzeugführerschein. Und dann zur Jägerschule. Auf die 109. Oder die 190.

Die vielen Unfälle bei Start und Landung. Die Fassungslosigkeit der älteren und erfahrenen Piloten über die mangelhafte Ausbildung. Die irren Verluste bei den ersten Einsätzen.

Sie waren da unten und sie warteten darauf, in quälendem Steigflug zu uns aufzusteigen, um sich in Pulks auf unsere Maschinen zu stürzen.

Für alle weithin sichtbar ziehen wir über das Land. Immer noch ein ruhiges Bild. Doch unsere Ruhe ist längst verschwunden. Ungeduldiger werden meine Fragen nach unserer Position und dem IP, dem *initial point*, der kurz vor dem Ziel ist: Noch unendliche fünfundzwanzig Minuten.

Doch wir bleiben auch bis dahin unberührt. Bei aufgerissenem Himmel in strahlendem Blau und greller Sonne übergebe ich die Maschine an den Bombenschützen, hinten öffnen sich die Klappen der Schächte und die Luft tost laut und wild in die

Kabine, der Bombenschütze hat die Sicherungsklappe dieses kleinen Schalters links von ihm umgelegt und mit einer Fingerbewegung rasen über zwei Tonnen Sprengstoff auf diese brennende Stadt am östlichen Rand des Ruhrgebietes zu. Unausweichlich.

Eine Zerstörung, die wir nicht kennen, ein Leid, das wir nicht in der Lage sind zu ermessen.

Aber daran kann ich nicht denken. Nur an diesen befreienden Ruck, der Sog aus dem Bombenschacht verstummt, als sich die Klappen schließen, die ganze Formation schwenkt in eine gigantische Rechtskurve.

Ich fliege jetzt für mich allein. Nach Hause. Fast erleichtert. Über jede Meile, die wir zurücklegen, bin ich dankbar. Über jede vibrierende Minute Rückflug.

Denn wir sind noch nicht da.

Die Wachsamkeit bleibt.

Nichts passiert. Fast zu mühelos brummen wir nach Westen und bald lässt sich in leichtem Dunst weit voraus die holländische Küste ahnen.

Jäh rasen die Jäger in uns. Aus dem Nichts. Frontal und mit unerhörter Geschwindigkeit. Ich muss den Kurs halten, nur den Kurs halten. Um mich eine diabolische Lärmwand aus aufgeregten, schrillen und angstvollen Schreien in der Sprechanlage, MG-Feuer überall, Motorgedröhn, die mich fast um meine Konzentration bringt.

Dann ist alles vorbei. Wie abgeschnitten. Nur sonores Motorengeräusch. Die Klarmeldungen der Stationen: Uns ist nichts passiert. Doch mein Atem fliegt. Meine Finger zittern unkontrolliert auf der Sprechtaste. Crosschecks. Alles arbeitet einwandfrei. Es ist alles vorbei.

Erst jetzt sehe ich nach draußen: Die Maschine an unserer Backbordseite zieht einen dünnen, hellgrauen Rauchstreifen aus der Nummer drei hinter sich her. Und fällt etwas ab, bleibt langsam zurück. Aber alle Triebwerke laufen noch. Sieht nicht sehr schlimm aus.

Völlig unerwartet zerreißt eine gigantische Explosion die weichende Anspannung, unsere Maschine schüttelt sich im Ball des plötzlich aufbrandenden Feuersturms, die linke Fläche meiner B - 17 wird vom Druck der Explosion hart nach oben gerissen und in blindem Reflex stemme ich das voll ausgeschlagene Querruder dagegen, brauche alle Kraft, um nicht aus der Formation zu driften, Metallteile prasseln schneidend und überlaut wie ein harter Regen auf die Außenhaut unseres Flugzeugs. Nachdem mein erster Schreck verflogen ist, sehe ich hastig wieder nach backboard: Die Maschine ist verschwunden. Eine letzte zerblasene Rauchwolke und stürzende, in der Sonne blinkende Flugzeugteile, weit unten taumelt eine ganze Fläche mit laufenden Motoren wie ein träges Blatt verloren nach unten.

Mein Atem rast und ich zittere am ganzen Körper.

Wir heben die Funkstille auf. Ich erfahre von noch drei getroffenen Maschinen, zwei noch in der Luft, eine weitere mit hell brennenden Flächentanks nach unten. Nur zwei beobachtete Absprünge, bevor sie abmontierte.

Dann sind wir über dem Kanal.

Die Kreidefelsen strahlen als feine weiße Linie unnatürlich hell in der Nachmittagssonne nach oben und wir haben wieder England unter den Flügeln.

Unten werden sie jetzt wieder aufs Flugfeld laufen und nach

Süden starren, die Krankenwagen werden mit laufenden Motoren am Rand der Bahn irgendwo warten. Irgendjemand wird die Punkte am Nachmittagshimmel suchen, laut mitzählen.

Wie ein Kinderspiel.

So eine Landung nach diesem Tag ist wirklich ein Kinderspiel. Eine fast lächerliche Routine. Immer. Rein in den pattern, die letzten checks, die Räder raus, die Klappen, über der Schwelle, den throttle vorsichtig ganz zurück und die Maschine weit ausrollen lassen.

Auf der Parkposition laufen die Motoren aus. Letzte, leise metallisch klappernde Cockpitbewegungen.

Ich falle aus der Tür und bin erstaunt, wie warm es hier ist. In dieser milden englischen Nachmittagssonne.

Völlig erschöpft lasse ich mich ins Gras fallen.

Wir haben es geschafft. Wir sind wieder zurück.

Und die deutschen Jägerpiloten? Sinken sie jetzt auch nach der Landung ins Gras ihres Fluplatzes, zwischen ihre Maschinen? In der friedlichen, norddeutschen Nachmittagssonne? Sie haben es auch überlebt. Sie sind auch fast alle wieder zurück. Werden sie ihre Siege feiern können? Den Bordwart eine neue Markierung ans Leitwerk malen lassen? Für die Maschine, die neben mir explodierte?

Und was wird die Frau denken, wenn sie langsam dem Luft-waffen-Kübelwagen an diesem milden Abend vorfahren sieht, als sie in ihrem schönen Garten steht und liebevoll die hellen Blumen zu einem Strauß zurecht schneidet? Was wird sie fühlen, wenn die korrekt gekleidete Ordonanz aussteigt, gemessen und viel zu langsam zum Zaun und durch ihre

Pforte kommt? Um ihr zu sagen, dass ihr Mann vom Einsatz heute nicht zurückgekommen ist. Heldenhaft gefallen. Für die Verteidigung des Vaterlandes.

Wie lässt sich ihre tiefe Fassungslosigkeit um den plötzlichen Verlust ihres geliebten Mannes beschreiben? Wie?

Wie lässt sich das aushalten? Wie?

Niemand stirbt heldenhaft. Auch ihr Mann starb nicht heldenhaft. Sondern in seinen letzten Minuten schreiend vor unbeschreiblicher Angst im Cockpit seiner zerfetzten 109 eingeklemmt. Als er im unkontrollierbaren Rückenflug rasend im Sturzflug diesen grünen Wald auf sich zukommen sah, der so friedlich dalag.

Ich gehe langsam um meine Fortress, die Finger zitternd auf dem Metall dieser großen Maschine.

Todmüde sehe ich in die warme, helle Spätnachmittagssonne.

Draußen fällt immer noch Schnee, ganz sanft bedeckt er weiß mit aller Unschuld die Felder, die ich aus meinem Fenster sehen kann. Es ist ganz still. Ich stehe wieder dort, mein Glas Wein in der Hand, einen schweren Kloß im Hals, der auch mit dem Wein nicht verschwinden will.

Auch weil ich weiß, dass ich nichts aus meinen Überlegungen wirklich verstehe. Dass ich eigentlich überhaupt keine Ahnung davon habe. In meiner beschützen Welt.

Fast benommen wende ich mich ab, setze mich wieder an den Schreibtisch, sehe die ganzen Fotos, die vielen Bücher, die Bilder meiner Kinder.

Noch ein Glas Wein, oder?

Und dann?

Vielleicht hätte ich die folgenden Einsätze überlebt. Vielleicht
hätte ich mehr Grauen gesehen, als zu ertragen ist; mehr
Unvorstellbares hätte sich für immer in meine Seele einge-
brannt.
Und dann?
Und dann wäre der Krieg an mir vorbeigegangen. Endlich.
Wie wir feierten! Erlöst! Und eigentlich doch nicht.
Vielleicht hätte ich einfach mehr Glück gehabt als alle
anderen. Mehr Glück. Mehr Glück?

Wie viele wären nicht zurück gekommen? Mit ihren
Maschinen in der Luft zerfetzt oder irgendwo rasend aufge-
schlagen und tief erschütternde Tode gestorben, von denen wir
nichts wissen können. Die nach erleichtertem und hoffnungs-
frohem Entkommen aus stürzenden Maschinen an Fallschir-
men hingen, die sich nicht auslösen ließen oder hell-gleißend
im Nu über ihnen aufbrannten, um sie unausweichlich auf die
Erde zustürzen zu lassen. Oder die nach stillem Schweben
durch einen ruhigen Himmel, der nichts mehr mit dem Krieg
über ihnen zu tun zu haben schien, nach befreiender Landung
in unglaublich erschreckter Verwunderung gelyncht wurden.
Die in Gefangenenlagern die andere Niedertracht dieses
Krieges in Geduld und zermalmender Seelenqual ertrugen.
Glück? Hatte ich nur Glück?
Und dann?
Niemand hatte je darüber nachgedacht. Über das Ende von all
dem. Wir lebten auf dem Stützpunkt. Die Staffel war Familie,
Zuhause, Heimat. Wir waren vor Glück wie besoffen vom

Ende des Krieges. Diese betäubende Erleichterung - eine Tür ins helle Paradies schien sich zu öffnen.

Endlich vorbei, vorbei, vorbei, das alles. Endlich vorbei. Ohne wirklich zu wissen, was kam. Was das bedeutete.

Zurück nach Hause? Wohin?

Das hatte ich über all dem fast vergessen. Mein Zuhause. Irgendwo im Süden der USA.

Und dann.

Dann saß ich noch mal in einer B - 17. Auf dem Rückflug. Mit meinen Sachen. Als Passagier. Der Bombenschacht voller Gepäck, vom Army Air Forces Air Transport Command hatte ich eine kostenlose Rückfluggelegenheit bekommen. Mit einem Überführungsflug.

Noch einmal dieses gewaltige und beruhigende Dröhnen der Triebwerke, das langsam in meine tiefe Müdigkeit sickerte und mich mit dem Kopf an das vibrierende Metall gelehnt einschlafen ließ.

Wir wären irgendwo auf einer dieser großen Basen im Süden ge-landet, ich wäre mit meinem Zeug aus der hinteren Tür der Fortress geklettert, in die feuchte Hitze des Nachmittags.

Die B - 17 stand allein auf der Ramp und wirkte sehr verloren. Niemand da, der mich abholte.

Zuhause? War ich jetzt zu Hause?

Ein paar Tage später nach langer Zugfahrt in Ausgehuniform zu den Eltern. Mein Mutter völlig aufgelöst, mein Vater sehr still.

Der Krieg war vorbei. Ein paar Paraden. Orden. Und dann?

Ein paar Wochen später wurde ich aus der Air Force entlassen. Jobs gab es kaum: Alle kamen aus dem Krieg. Alle wollten arbeiten. Irgendetwas. Piloten waren nichts besonderes mehr, es gab jetzt genug davon. Aber keine Jobs.

Vielleicht wäre ich sehr ernüchtert gewesen über dieses Leben hier. Zu Hause. Alles in scheinbarer Ruhe. Scheinbar wohlgeordnet. Scheinbar schön.

Und was wir erlebt hatten, alles Grauen, das sich in unsere Seelen eingebrannt hatte, interessierte plötzlich niemanden mehr. Keiner wollte davon hören. Es war ja nun Frieden.

Vielleicht hätte ich einige Wochen in dieser steten Unruhe ver-bracht, die niemand wirklich verstand.

Alpträume, die sich nicht verhindern ließen.

Vielleicht wäre ich eines Tages noch einmal losgefahren, vielleicht nach Walnut Ridge im Norden von Arkansas. Oder nach Kingman in Arizona. Dort hätten sie gestanden. Zu Hunderten. Zu Tausenden. B - 17er in endlosen Reihen. Manche mit, manche ohne Motoren, verwittert. Lange Reihen unter offenem Himmel: abmontierte Triebwerke, Luftschrauben, Waffen, Leitwerke von Maschinen aller Typen.

Sortierungen für die Schrottpressen.

Vielleicht wäre ich zwischen den B - 17ern herumgelaufen. Stundenlang.

Vielleicht hätte noch einmal meine Finger zitternd auf das Metall einer dieser großen Maschine gelegt.

Mit Tränen in den Augen.

Vielleicht hätte ich mir ein sogenanntes *bürgerliches Leben* aufbauen können, viel später.

Vielleicht wäre mir das wirklich gelungen. Die Heirat und die Kinder, ein kleines Haus, einen schönen Wagen, einen sicheren Job in irgendeiner Kleinstadt im Süden.

Doch immer wieder den Krieg im Kopf. Das beruhigende Motorengedröhn genauso wie das zermürbende Gebrüll der Waffen. Das nervenzehrende Warten und die angespannten Minuten vor dem Ziel. Vor jedem neuen Ziel.

Und dann kam dieser Flugtag. Irgendwo auf einer Luftwaffen-basis in der Nähe. Zudem ich eingeladen wurde. Weil ich ein Veteran war, wie es nun hieß. Jemand, der das alles überlebt hatte. Ein Held.

Ich war fast erschüttert, als ich wieder vor einer Fortress stand, einem G-Modell. Blank poliert.

Jemand, der mir half, der mich bat. Und ich weiß noch, wie ich angespannt und ganz aufgebracht ins Innere stieg. Im Cockpit saß. Auf dem linken Sitz. Auf meinem Sitz. Zitternd. Ja. Mit schwerem Herzen. Mit Tränen in den Augen. Natürlich. Alles war wieder da.

Ich weiß noch genau, wie der junge zivile Pilot, der diese Maschine nun flog, hinter mir stand und mich sehr betroffen fragte, ob alles okay sei. Mit mir.

Er ließ dann niemanden mehr in die Maschine. Wir saßen eine Weile still beieinander, als müssten wir uns erst gewöhnen. Mir war schwer, wirklich sehr schwer.

Und ich weiß noch, wie ich dann erzählen konnte. Erst stockend. Mit langen Pausen. Seine Hand auf meiner Schulter. Alles erzählen. Alles weiter erzählen.

Alles.

Die Fotos auf meinem Schreibtisch. Das warme Licht meiner Bankers-Lamp. Das Anschreiben in meinen Händen.
Das leere Glas Wein.

Mein vollgestopfter Kopf.

Und wieder stehe ich vom Schreibtisch auf, wieder gehe ich zum Fenster und mein Blick sucht Ruhe in der wunderbar stillen Winterlandschaft hier auf dem Land.

Und ich denke an die Zeilen von Helmut Berger, der sich als junger deutscher Jagdflieger-Leutnant in die B - 17–Formationen hineinstürzte und einige abschoß.

Der bei einem dieser unwirklichen Einsätze mit seiner 190 abgeschossen wurde und mit - zu seinem Glück - wenigen Verletzungen überlebte.

Er schrieb:

Es war die Hölle! Und noch heute wundere ich mich, wie und warum ich diese Kämpfe überlebt habe (tatsächlich überlebten viele, viele von uns nicht)… Sie (die US-Flieger) waren geliebte Söhne ihrer Mütter und Väter, genauso wie wir geliebte Söhne unserer Eltern waren. Sie dachten, sie würden aus dem richtigen Grund kämpfen, das dachten auch wir. Wenn wir heute an diese Kriegstage zurückdenken, müssen wir uns die Frage stellen: Warum - um alles in der Welt - haben wir aufeinander schießen müssen???

Es gibt noch einige dieser Maschinen, die fliegen, denke ich. B - 17er, 25er, Messerschmitts, Mustangs, FW - 190er, Kittyhawks, Spitfires, Junkers, Hurricanes, Lightnings, Typhoons, PBY's, Zeros, Dakotas…

Denkmäler, denke ich.

Fliegende Denkmäler, die wir erhalten müssen.

Die uns an all das erinnern, jenseits dieser wunderbaren, technischen Faszination.

Jenseits dieser wunderbaren und atemberaubenden Fliegerei.

Denn das waren damals genauso Piloten. Flieger.
Egal, auf welcher Seite.

Es waren Flieger.
Wie wir.

Begegnung

Es war im letzten Jahr. Ich hatte wirklich nicht damit gerechnet. Dabei fing alles ganz harmlos an.

Mein Freund, mit dem ich vor biblischen Zeiten zusammen Fliegen lernte, hatte schon als enthusiastischer Flugschüler davon geträumt, seinen eigenen Doppeldecker zu fliegen. Es musste ein ganz besonderer Typ sein, mit besonderem Triebwerk, mit besonderem Aussehen. Er war völlig besessen von dieser Vorstellung, und niemand konnte ihn davon abbringen. Er erzählte oft davon. Allen. Er meinte es wirklich ernst. Und eines Tages schien es wirklich soweit zu sein, und ich werde diesen Tag kaum vergessen: Er rief mich freitags mitten in der Nacht an, ob ich Zeit hätte. Er hätte nämlich heute mit seiner Bank gesprochen und bis eben wie blöd herumgerechnet: Das Geld würde jetzt irgendwie reichen. Also mit diesem Kredit. Er hätte sich überhaupt nicht verrechnet. Das sei alles in trockenen Tüchern.

Ich erklärte ihn für völlig besinnungslos, aber er ließ sich mit nichts und gar nichts davon abbringen, gleich mit seinem alten Chevi zu mir rüberzurasen.

Also gut.

Es klingelte also wenig später Sturm bei mir und dann schlugen wir uns das trübe Herbstwochenende einschließlich der Nacht mit einigem Bier, labberiger Pizza - die wir auch kalt zum Frühstück in uns stopften - literweise Kaffee, stapelweise Prospekten, Fachzeitschriften, Kalkulationen und Telefonaten um die Ohren, bis wir ganz zufällig diese unscheinbare Kleinanzeige in einem älteren Luftfahrtmagazin fanden.

Wir riefen also sofort unter der angegebenen Nummer an und vereinbarten einen Termin. Die Maschine war noch zu haben. Erstaunlich. Die Zeitung war drei Monate alt.

Seltsam war übrigens auch noch, dass der angebotene Doppeldecker - es handelte sich um eine knallblaue Stearman - auf einem Platz stand, der ganz in unserer Nähe war, ohne dass wir je vorher davon gehört hatten. Dabei waren wir dort schon ein paar mal gelandet und kannten da ein paar Jungs.

Wirklich erstaunlich.

Wir entschlossen uns, nicht mit dem Auto dorthin zu fahren, sondern natürlich standesgemäß zu fliegen, klar.

So zogen wir dann eine Woche später an einem dieser Herbstnachmittage, die eigentlich schon trister Ausblick auf den Winter sind, am frühen Nachmittag die Mooney aus dem Hangar und flogen los.

Ich erinnere mich genau: Das Wetter war einigermaßen bescheiden, grau verhangener Himmel, eine reichlich niedrige Wolkenuntergrenze mit eingebauten Schauern.

Nach fast einer halben Stunde Flugzeit hatten wir das Flugfeld unter uns: Einer dieser ganz normalen Verkehrslandeplätze, eine befestigte Bahn, ein Grasstreifen für den Segelflugbetrieb daneben, ein paar Hallen, Tankstelle und die obligatorische Flugplatzkneipe.

Als wir uns in die Platzrunde einordneten, wunderte ich mich wieder darüber, dass ich noch nie von der Stearman gehört hatte, obwohl der Flugplatz nur etwa vierzig Meilen von unserem Heimatplatz entfernt lag. Schließlich interessiere ich mich ja sehr für seltene Vögel. Komisch.

Also: *short final, gear down, three greens; flaps down*; aufsetzen und abrollen.

Wir stellten die Maschine auf der uns angewiesenen Position ab, ich kletterte aus der Tür über die Fläche und marschierte durch die kühle Luft in Richtung Flugleitungsgebäude, um dort im Büro die Landegebühr zu bezahlen. Mein Freund bemühte sich derweil herauszufinden, in welcher Halle die Stearman versteckt war.

Wir hatten dann noch einige Zeit bis zum vereinbarten Termin und trödelten fachsimpelnd zwischen den draußen abgestellten Maschinen herum, versuchten mit allerlei Tricks, in eine verschlossene Halle zu spähen, in der wir den Doppeldecker vermuteten.

Nichts zu machen. Hm. Schade.

Mein Freunde tänzelte wie gestochen durch die Gegend und steckte mich mit seiner Ungeduld an. Die Zeit tropfte zäh dahin.

Dann sah ich fast nebenbei, wie auf dem Parkplatz vor der Kneipe ein schwarzer Riesenschlitten vorfuhr und ein auffälliger, durchgestylter Typ ausstieg: Braungebrannt, schwarz-spiegelnde Ray-Ban trotz verhangenem Himmel, Schlips, perfekt sitzende A2-Jacke mit irgendwelchen lächerlichen Phantasie-Patches, Goldkettchen. Im Auto sitzen blieb ein blondes Geschöpf.

Ich wäre im Traum nicht auf die Idee gekommen, in dem Typen den Besitzer der Stearman zu vermuten, und beobachtete noch, wie er im Tower verschwand. Mein Freund machte eine bissige Bemerkung über die Kategorie *Schlips-Piloten* und wir mußten uns angrinsen.

Um so überraschter waren wir, als eben dieser Typ wenig später ausgesprochen zielstrebig auf uns zu kam. Wir sahen uns groß an.

Und wie wir unausgesprochen befürchteten, stellte er sich ein paar Augenblicke später nett und ausgesprochen höflich als Besitzer des Doppeldeckers vor, geleitete uns zielsicher zur schon erwähnten, geheimnisvollen Halle, öffnete das Schloss und schob alleine die ratternden Tore auf.

Da stand sie.

Wir liefen mit großen Augen um die Schönheit, befreiten die Räder von den Bremsklötzen und zogen den Vogel dann zu dritt ins Freie. Die Maschine war wirklich sehr liebevoll restauriert und in einem Top-Zustand: US-Zulassung, kein Tropfen Öl am großen Continental-Triebwerk, eine handwerklich wirklich sehr gelungene Lackierung in den Farben einer Trainingseinheit der Marines. Das Cockpit war für eine solche alte Maschine mit allem möglichen Hi-Tech-Zeug völlig überinstrumentiert, selbst auf dem Platz des Co's waren mehr als nur alle notwendigen Uhren eingebaut.

Uns gingen fast die Augen über, als wir neugierig um die Maschine liefen, die Ruder bewegten und den Sternmotor inspizierten.

Im Gespräch erfuhren wir dann vom geschniegelten Besitzer, dass er den Vogel erst vor wenigen Monaten direkt aus einer einschlägig bekannten Restaurationsschmiede in Florida bekommen hätte, aber diese offene Art zu Fliegen sei ihm irgendwie zu unbequem - wie er sich ausdrückte - daher der Verkauf.

Naja.

Ich beobachtete aus den Augenwinkeln meinen Freund, der wie in Trance in seiner zerschlissenen Fliegerkombi mit glänzenden Augen um die Maschine lief, während der Schönling sich noch genötigt sah, irgendwelchen kurzweiligen Mist von sich zu geben.

Ob wir an einem Probeflug interessiert wären?

Blöde Frage eigentlich.

Wir zogen die Maschine also rüber zur Tankstelle, ich kletterte, den Tankstutzen in der Hand, mit einer klapprigen Stehleiter an die obere Fläche des Doppeldeckers und füllte die Tanks randvoll.

Mein Freund stieg fast zu vorsichtig ins Cockpit, der Geschniegelte nahm auf dem hinteren Sitz Platz - nicht ohne sich mit gestelzter Lässigkeit einen weißen Seidenschal um den gebräunten Hals zu fummeln. Ich musste mich wirklich zusammennehmen, um nicht laut loszuprusten.

Nach meinem *prop clear* Zeichen röhrte der Sternmotor los, und die beiden rollten wenige Minuten später in Schlangenlinien den Taxiway hinunter; ich stand noch immer an der Tanke und sah ihnen nach.

Als die Maschine dann mit sanft grollendem Triebwerk über die Bahn donnerte und schließlich in den verhangenen Himmel kletterte, war ich schon auf dem Weg zu der kleinen Flugplatzkneipe und freute mich auf einen heißen Milchkaffee.

Das Gedröhn des Sternmotors verklang ruhig in der Ferne. Von weitem konnte ich ein wenig durch die Scheibe des Restaurants sehen - die blonde Begleiterin unseres Freundes saß an einem der verwaisten Tische. Als ich näher kam, verlangsamte sich mein Gang unwillkürlich, schien es mir doch als wäre...

...aber das war ja völlig ausgeschlossen!

Ich öffnete etwas zögernd die Glastür, ging durch den Windfang und - ohne mich nach ihr umzusehen - an die Theke und wartete auf die Bedienung.

Komisch. Ich hätte schwören können, dass sie sehr große Ähnlichkeit mit Anke hatte. So was Verrücktes.

Um ehrlich zu sein: Es hätte mich ziemlich Überwindung gekostet, mich nach ihr umzudrehen.

Musste ich dann aber auch nicht.

Sie hatte mich wohl ebenfalls erkannt und rief mich, auch scheinbar etwas unsicher, beim Vornamen.

Diese Stimme kannte ich sehr gut. Ich war wie vom Donner gerührt. Also doch.

Ich war vielleicht vierzehn, fünfzehn Jahre alt, wir gingen damals in die gleiche Klasse. Anke saß vor mir in der Reihe, ein bisschen rechts versetzt, fast alle meine Freunde waren irgendwie in sie verknallt.

Was Wunder: Sie war ohne Frage das am besten aussehende Mädchen für uns; strohblonde, lange Haare, gertenschlank in den engen Jeans, die sie ständig trug, sie hatte eine super Figur - wir flippten schier aus, wenn wir sie mal im Schwimmbad im Bikini sahen. Und: Sie war unnahbar cool.

Auch ich war - wie die anderen - hemmungslos in sie verliebt, doch auf eine sehr eigentümlich romantische Art. Irgendwie ganz anders als meine Freunde, die ständig damit herumprotzten und sich mit plumpen Anmachversuchen gegenseitig das Wasser abzugraben versuchten. Sie scheiterten - Anke wusste sie sehr cool zurückzuweisen.

Ich war natürlich viel zu schüchtern, sie anzusprechen - wenn sich unsere Blicke im Unterricht zufällig kreuzten, war ich kurz vorm Herzinfarkt und danach stundenlang selig. Sie wusste davon natürlich nichts. Natürlich nicht.

Ich kam mir ziemlich blöd vor, kauerte an der Theke, und gab für mich selbst ein Bild des Jammers ab: Ich, der abgebrühte Flieger, saß in einer blöden Flugplatzkneipe in meiner uralten, zerknauschten grünen MA1 - Jacke, abgetragene Jeans, ausgelatschte Chucks; ich, der ich endlos Flugstunden in allen möglichen Kisten auf dem Buckel hatte, sonst *Mr. Cool* in Person, den nichts und niemand aus der Ruhe bringen konnte - ich saß also da und konnte mich auf einmal vor Unsicherheit kaum noch rühren, nur weil ein Mädchen meinen Namen sagt. Völlig bescheuert.

Aber ich musste mich umdrehen. Ich musste. Schließlich

konnte ich ja nicht einfach sitzen bleiben.

Also mal durchatmen und jetzt die ruhige Masche: sich langsam genug umdrehen und dann den verwunderten Gesichtsausdruck aufsetzen - und bitte ja nicht zu übertrieben. Ich weiß bis heute nicht, ob es mir so Filmlässig gelang, wie ich es mir vorgenommen hatte.

Meine Ahnung hatte mich nicht getäuscht - sie war es tatsächlich, einfach nicht zu glauben! Ich stand also auf und ging zu ihr herüber, gab mich überrascht.

Warum ich mich nicht setze? Was ich hier mache und überhaupt, wie lange man sich nicht gesehen habe. Soetwas. Ihre lockere Unbefangenheit mir gegenüber ließ mir fast das Herz stocken, alles schien wieder aufzubrechen, die alten Gefühle betäubten mich regelrecht, ich saß ihr ungläubig gegenüber, sie plauderte fröhlich und unbeeindruckt auf mich ein, charmant und witzig, warf sich mit einer Handbewegung ihre blonde Mähne über die Schulter, strahlendes Lächeln. In mir all die alten Geschichten, der ganze verdammte Mist, wie ich damals versuchte, an sie heranzukommen: Als ich damals nach der Schule in ihrer Nähe herumstrolchte, um sie dann *rein zufällig* zu treffen, die platten Verkupplungsversuche meiner Freunde auf eigens arrangierten Kellerparties, tausend unausführbare Pläne, sie anzusprechen, nie abgeschickte Briefe, in letzter Sekunde geplatzte Kinobesuche. Doch dann einmal gelang es mir schließlich, sie mit auf den Flugplatz zu nehmen und meine Freunde wurden gelb und grün vor Neid: Ich hatte gerade die ersten Alleinflüge im Segelflugzeug hinter mir und wollte sie beeindrucken, doch sie lief die ganze Zeit nur desinteressiert und sichtlich gelangweilt neben mir herum, versuchte ihr dieses und jenes zu zeigen und zu erklären - ohne Erfolg: Sie blinzelte blasiert in die Sonne und schien all dem keine Bedeutung zu schenken. Auch dann nicht, als ich mir nach sehnlichst erhoffter Aufforderung meines Fluglehrers endlich einen Fallschirm greifen konnte, und mich heldenhaft im vorderen Cockpit des Schuldoppelsitzer startklar zu machte. Anke schien andere Dinge interessanter zu finden und ignorierte mich fast.

Ich machte einen Start und flog eine Platzrunde, als ich landete, war sie einfach gegangen. Ich war völlig fertig.

Und dann dieser immer wiederkehrenden süße Schmerz in ihrer Nähe, den ich so hasste und doch genoss, meine Tagträume und die ganz andere verwirrende Welt in mir, die sich auftat, wenn ich an sie dachte...

Mit all diesen Erinnerungen im Kopf saß ich ihr nun gegenüber, beim small-talk und einer Tasse Kaffee, redete unverfänglich über alte Zeiten, und doch war in mir immer noch die so sehr vertraute Unsicherheit.

Erst als sie mir zum wiederholten Mal eine Zigarette anbot, löste ich mich langsam aus meinem Erinnerungsnebel.

Sie lächelte genauso, wie damals.

Aber aus irgendeinem Grund juckte mir dann doch das Fell, ich wurde neugierig und damit merkwürdigerweise um einiges ruhiger; ich wollte es einfach wissen und begann, ein paar vage Anspielungen in unser Gespräch einzuflechten, einfach um zu herauszubekommen, wie sie reagiert. Sie ging tatsächlich darauf ein, gab sich versonnen: Wie schön das damals doch alles war.

Ich stichelte weiter, ein wenig unruhig und wärmte die Flugplatzgeschichte wieder auf, sie lachte sich halbtot, wie gut, dass man ja heute darüber hinweg wäre, ich lachte notgedrungen mit.

Natürlich.

Wir unterhielten uns weiter und ich zog mich unwillkürlich zurück, wurde stiller. Anke ging nicht weiter auf meine Sticheleien ein, und ich ließ es dann schließlich einfach sein. Schon ein bisschen wissend.

Als sie mir dann noch strahlend vom *easy-living* mit ihrem geschniegelten Typen erzählte, von Strandparties, Wochenendausflügen zu exotischen und angesagten *Dies-und-Das*-Orten, sich dann noch mit den Lorbeeren mehr oder weniger angesagter C-Promi-Freunde schmückte, gab ich endgültig auf. Reichlich verstört übrigens.

Anke schien das zu bemerken, und um der Unterhaltung eine andere Wendung zu geben, holte sie noch einmal aus und regte sich wortgewaltig über diesen blöden Flugplatz hier auf, tyrannisierte schließlich die unschuldige Bedienung.

Ich war inzwischen soweit, dass ich ihren Ausbruch nur als Hintergrundrauschen an mir vorbeiziehen ließ, sah fast verträumt aus dem Fenster und beobachtete, wie die blaue Stearman in den Endteil drehte.

Sie bemerkte meinen Blick nach draußen und erzählt mir nun wieder obercharmant lächelnd, wie froh sie doch sei, dass ihr Begleiter jetzt dieses *Monstrum* verkaufe. Fliegen sei doch ohnehin schon unangenehm genug, aber in diesem *Ding*, wie sie sich ausdrückte, wäre das überhaupt nicht zu ertragen.

Als draußen die Maschine auf der Grasbahn aufsetzte und ausrollte, musste ich mich sehr zusammennehmen, um meinem Ärger und meiner Enttäuschung nicht Luft zu machen.

Doch anstatt ihr meine Meinung zu sagen, wies ich aus dem

Fenster auf die Maschine, brummelte eine Entschuldigung und erhob mich. Als sie sich dann noch mit den Worten *...nett, Dich mal wieder zu sehen* zu verabschieden suchte, war es mit meiner Beherrschung vorbei, wortlos knallte ich die Tür der Kneipe hinter mir zu.

Mein Freund hat sich die Maschine übrigens gekauft, und dies zu einem so unglaublich niedrigem Preis, dass wir erst schon dachten, es sei ein ziemlicher Haken an der Sache. Aus der Lebenslauf-Akte der Stearman ging übrigens noch hervor, dass sie neben einer kompletten Grundüberholung der Flächen und der Zelle auch noch eine völlig grundüberholtes Triebwerk bekommen hatte, das seitdem nur 40 Stunden gelaufen war. Wir konnten es nicht glauben.

Am Abend nach der Vertragsunterzeichnung stand mein Kumpel wieder vor der Tür. Mit einer Riesenflasche Moët & Chandon.

Die haben wir dann natürlich gleich hingerichtet.

Ein Glücksfall, das alles.

Es ist natürlich nicht sehr viel Zeit vergangen, bis ich mein rating auf der Stearman gemacht habe.

Oft fliegen wir zusammen irgendwo hin.

Jetzt hab ich auch einen Hallenschlüssel, mein Freund leiht mir die Stearman, wenn ich mal damit los will. Und das Ding zu fliegen ist wirklich ein Traum.

Es gibt kaum Worte dafür.

Ein Glücksfall.

Und dann manchmal, wenn ich alleine in der Maschine sitze, mir der Propellerstrom durch Gesicht und Haare rast, wenn ich spielerisch mit der Boeing im Tiefflug übers Land jage, dann muss ich an diese Begegnung denken.

Dass Anke auch mal in diesem wunderbaren Flugzeug gesessen hat.

Und ich überlege dann, dass es vermutlich irgendwie gar nicht so schlecht ist, dass sich nicht alle Wünsche, die man hat, erfüllen.

Andere aber schon.

Fieber

Kein normaler Freitag. Ich sehe auf die Uhr: *1300*. Das Fieber hat mich wieder. Es ist Saison. Und heute ist der erste Tag. Nach dem Winter. Nach aller Planung.
Mit dem Auto schnell zum Provinz-Bahnhof. Ich fühle mich unstet und bin aufgeregt. Ich will endlich los. Endlich da sein.

Ich steige in den überfüllten Bummelzug, der sich für mich viel zu trödelig Richtung Hannover bewegt, an jeder Milchkanne zu halten scheint. An den Fenstern schaukelt langsam die mir heimatlich-vertraute Gegend vorbei, die ich für einige Zeit nicht sehen werde...

1440

Ich lungere ungeduldig auf dem lärmenden Bahnsteig in Hannover zwischen den andern Reisenden herum und warte auf die Einfahrt meines ICE's. Unkontrolliertes Freitagsgedränge. Ich mustere die Menschen um mich.

Wartebeschäftigung.

Coke und trockenes Backwerk im Stehen.

1453

Endlich im Zug. Abteil suchen, überall unstetes, lautes und nervöses Herumgeschiebe. Bloß gut, dass ich einen reservierten Platz habe. Ich krame ein paar Fliegerzeitungen und meinen Laptop aus dem Pilotenkoffer und bestelle mir Kaffee. Der Zug schwebt ruhig durch Norddeutschland, weiter, immer weiter. Und auch ich werde langsam ruhiger.

Obwohl das Fieber noch da ist.

1613

Hamburg. In einer Traube von Reisenden winde ich mich aus dem schmutziggrauen Zug, suchende Blicke, ich haste mit meinem Zeug durch den Bahnhof zum vereinbarten Treffpunkt.

Keiner da. Mist.

Also: Warten.

Eine neue Erfahrung: Ich werde über Lautsprecher ausgerufen! Noch einmal auf Englisch. Auf zum nächstgelegen Schalter, ich sehe Frank schon von weitem winken. *Sorry für's delay, aber wieder keinen Parkplatz gekriegt.* Egal. Schulterklopfen. Vertraute Blicke. Wir finden sein Auto wieder. Ticket an der Scheibe. Auch egal, Schulterzucken.

Frank rast zielsicher im Tiefstflug durch den hamburgischen

Feierabendverkehr (*anders geht das hier nich'*), wir lassen die erdrückend grauen Vorstädte im Norden hinter uns und sind etwa eine knappe halbe Stunde später auf dem Flugplatz in Uetersen.

Parkplatz: Direkt vor der Halle.

1700

Die Do steht noch in der Halle, und mit einiger Mühe ziehen wir sie aufs Gras. Frank macht den Außencheck, während ich meine Utensilien hinten im compartment feststaue. Schließlich klettert er mit seinem Co (*Moin, ich bin der Klaus*) ins Cockpit, macht seine checks und lässt die Triebwerke losbrüllen. Ich habe es mir auf einer der spartanischen Pritschen an steuerbord bequem gemacht, hole mir ein Headset vom Haken und schnalle mich an.

Wir holpern über die Wiese zum Start, Andy legt die Hebel auf den Tisch, die Triebwerke schreien auf, die Do-28 rattert scheinbar ungefedert über die Grasnabe, hebt zügig ab, Andy zieht die Maschine an der Platzgrenze in einer schönen, weiten Rechtskurve sanft nach oben.

1720

Blick nach unten: die Außen-Alster blitzt, der Hafen, die Köhlbrandbrücke, wir donnern lautstark über das Hamburger Stadtgebiet, und ich klebe wie immer am Fenster.

Im headset höre ich, wie wir uns aus der Kontrollzone verabschieden. *Guten Flug, Do two-eight...*

Das Wetter ist gut, 3/8 aufgelockerte Cu's mit Untergrenzen in knapp 5000ft. Ein paar Minuten später verschwindet die glitzernde Elbe hinter uns und wir sind enroute.

Ich sehe nach vorne Richtung Cockpit, Frank dreht sich um und bittet mich mit einer Kopfbewegung zu sich.

Währenddessen klettert sein Co nach hinten, ich turne auf seinen Sitz, arretiere die Einstellung und binde mich fest. Frank grinst: *Instant-Do-rating gefällig?* und ich kann natürlich bloß nicken und muss wohl wie ein Honigkuchenpferd gestrahlt haben...

Nachdem er mich kurz durchgetalkt hat, ich alles in mich aufsauge, noch ein Blick auf Karte und GPS, dann höre ich im Headset *your control!*, und halte das schöne, altmodische Steuer-horn in der Hand, probiere eine paar erste ruhige Ruderausschläge, teste verschiedene powersettings clean und mit Klappen, taste mich an den stallspeed heran, fliege zwei Vollkreise und gehe wieder auf Kurs.

Hat was, macht voll Spaß, die gute alte Do...

Ich bin sehr zufrieden. *Yeah! Genauso muss das!* - denke ich noch.

1750

Sehr gemütlich brummen wir lautstark nach Osten. Ich beschäftige mich neugierig im Cockpit, immer begleitet von Franks kritisch-grinsendem Gesicht. Wir navigieren nach Sicht und arbeiten die Fixe zur Kontrolle am GPS ab. Nach einiger Zeit kann ich links querab im Dunst Berlin erkennen. Mit diversen Kursangaben basteln wir uns zwischen den Airlinern durch den Charlie-airspace. Das Wetter wird merkbar schlechter, die Wolkenuntergrenze sinkt deutlich ab, wir fragen den Controller nach niedriger Höhe, ich reduziere die Leistung und wir sinken.

1815

Das Wetter wird jetzt zunehmend mieser, mittlerweile zockeln wir mal gerade in weniger als 1000ft durch die Gegend, leichter Nieselregen, das GPS verspricht uns das ETA in

20min. Frank winkt seinen Co nach vorne, ich klettere wieder zurück auf meine Pritsche, rutsche aber nach vorne nahe ans Cockpit.

1833

Der Regen rast mittlerweile um die Cockpitscheiben, wir fliegen durch ein paar tiefhängende Wolkenfetzen, die Kraftwerksschlote sind mittlerweile auf Augenhöhe und wir suchen zu dritt angestrengt den Platz zwischen den undurchsichtigen Regenschleiern. Schließlich entdeckt Klaus das grelle Drehlicht des Towers weit hinten im Grau, und wir bekommen unsere Landefreigabe. Direkter Anflug. Keine Platzrunde. *No traffic at the field*, bekommen wir in gedehntem ostdeutschen Akzent lakonisch im langen Endteil mitgeteilt, und Frank zeigt mir mir kopfschüttelnd einen Vogel.

1840

Als ich aus der Kabinentür springe, lande ich natürlich erst mal in eine Monsterpfütze und hole mir sofort klatschnasse Füße. Der Veranstalter kommt mit seiner Frau und großem Regenschirm durch den strömenden Regen gerannt, um uns zu begrüßen. *Schön, dass ihr da seid...*

Wir packen unser Zeug aus der Do, sichern die Maschine und beeilen uns, ins Crew-Zelt zu kommen. Weit hinten sehe ich durch den Regenschleier silhouettenhaft die Leitwerke der reihenweise ausgemusterten MiG-21.

1900

Wir sitzen durchnässt beim Bier im warmen Crew-Zelt, die meisten Piloten haben es vor dem Regen geschafft, die offenen Maschinen stehen bereits in den alten NVA-Hangars. Großes *Hallo* allüberall...

Ich verkrümele mich in eine Ecke, krame mein abgewetztes Handy aus der Helmtasche und rufe kurz zuhause an: *Jaja, safe gelandet, keine Probleme.* Die Kleine fragt immer: *Papa, Papa? Ist sie schon im Bett? Schläft schon? Aha, prima. Bis morgen...* Geht mir ja doch irgendwie jedes Mal wieder an die Nieren, drei Tage lang weg...

2200

Wir sitzen mit Freddy, Bea und Uwe zusammen. Erste Überlegungen zum morgigen Tag. Wetterbericht? Freddy zückt seinen Faxpapier-Stapel und wir beugen uns über die Bodenwetterkarten. Sieht ganz gut aus, müsste eigentlich hinhauen... Mike aus dem tiefsten Norddeutschland ist auch gekommen: *Scheiß Autofahrerei, ich hol mal noch´n paar Bier.* Gelächter, Zigarettenqualm. Dann das Kommando: Los, wir fahren ins Hotel. Die ganzen Klamotten in den Crew-Bus.

2400

Hotelbar. Alte Geschichten und noch mehr Gelächter. Lasst uns mal langsam ins Bett gehen, schlägt jemand vor und wir nicken.

0104

Raus aus den Klamotten und endlich ins Bett.
Wird ein langer Tag morgen...

Nächster Tag

0500

Der Wecker schreit mich mit unbarmherzig pulsierendem Ton an, ich bin gleich hellwach. Das Fieber...
Erster kritischer Blick nach draußen: 8/8 Bewölkung in vielleicht 400ft, leichter Regen. Na prima! Und das am ersten

Tag. Wetterbericht im Fernsehen: zu ungenau. Erst mal duschen.

0530

Frühstück. Extra für uns so früh aufgebaut; die andern trudeln auch ein, alle noch etwas müde. Nach heißem Kaffee und warmen Brötchen werden wir lebendiger, gehen nebenbei noch mal die flight-line durch: Einige Flugzeuge müssen wir umparken, so wird das noch nichts.

Lokal-Presse studieren: Tolle Vorankündigungen. Wetter anrufen: Noch uneinheitlich, soll aber besser werden. Das letzte Brötchen runterschlingen, die Zeit läuft...

0600

Unser brummender Crew-Bus wartet schon vorm Hoteleingang, Pilotenkoffer, Helmtaschen, Klamotten werden uns abgenommen und verschwinden irgendwo im Kofferraum.

Irgendeiner brüllt: *boarding completed!* Die Türen zischen zu, der Bus setzt sich in Bewegung, ab geht's.

0630

Ein halbe Stunde Fahrt durch riesige Agrarflächen, ein paar graue Gehöfte an schmalen, heruntergekommenen Straßen. Fast eine Zeitreise, die hinter den Scheiben an uns vorbei zieht.

Am Flugplatz. Ein riesiges Gelände.

Wir fahren durch die ehemalige Wache, vorbei an verfallenen Wohnhäusern, Sporthallen, Offiziersmessen. Irgendwo reckt sich eine ausgemusterte MiG-15 auf einem gigantischen Betonsockel heldenhaft ins Regengrau. Dann die ersten Hallen, der Bus röhrt über das gigantische Vorfeld. Auch hier noch alles grau in grau, die meisten Maschinen draußen noch abgedeckt, die Stände der Aussteller und Händler hinter den

Absperrungen noch verschlossen. Gigantische Hallen mit aufgeschobenen Toren. Der halbrunde Tower mit der Glasgalerie.

Eine Filmkulisse, denke ich.

Totenstille.

Wir halten am Crew-Zelt weit hinten auf der Ramp, ein großes Wohnmobil steht daneben und dient uns als fahrendes Büro.

Die Küchenbesatzung des Crew-Zeltes ist schon da.

Deren erste Amtshandlung: Kaffee kochen.

Unsere erste Amtshandlung: Wir fahren noch einmal die Absperrungen ab, gehen die Listen mit den Flugzeugen durch, markieren, wohin wir wen umparken müssen.

0700

Büroarbeiten, Briefing vorbereiten, Listen für Piloten kopieren, alle wichtigen Papiere für den heutigen Tag zusammensammeln.

0730

Fahrt zum Tower, mal den Lotsen Guten Tag sagen. Wir klettern die alte, ausladende Kunststeintreppe nach oben, Wände und Geländer in beiger Ölfarbe gestrichen, die überall abblättert, Geruch von scharfen Reinigungsmitteln.

Kurze Besprechung über Notams, Extra-Frequenzen und Rollverfahren. Dann eine Etage tiefer ins Met-Office. Das antiquierte Faxgerät spult unablässig meterweise Papier aus dem Schlitz: Wetterkarten von unterschiedlichen Höhenbändern, Metar und TAF-Codes, Vorhersagen, Großwetterlagen - wir stecken skeptisch die Köpfe zusammen.

Allgemeiner Tenor: Wird besser, aber wir müssen eben abwarten. Bis die Wolken Struktur erkennen lassen. Und davon ist noch nichts zu sehen: Einheitlicher grauer Brei.

0800

Das erste Briefing für die Ground-Crew in unserem Zelt, der Kaffee ist endlich durchgelaufen. Über vierzig Leute sind nur für die Arbeit auf dem Vorfeld eingeteilt. Funkgeräte verteilen, wer kommt an welches Flugzeug, worauf ist zu achten, wann sind Pausen, wer löst wen wann ab, wo ist auf Absperrungen zu achten, wie sehen die Sichtausweise der heutigen Veranstaltung aus, wohin mit den Besucherflugzeugen, wer hilft an der Tankstelle, wie ist der Rundflugbetrieb organisiert?

Militärisch genaues briefing vom Flight-Line Director, die Crews schlürfen müde an ihrem Kaffee, machen sich Notizen. Den kopierten Ablaufplan für das Vormittagsprogramm gibt's für jeden nach dem Briefing der Display-Piloten. Noch Fragen?

Die Rampies geht an die Abstellplätze. Ich hole mir den dritten Kaffee.

0830

Und wieder rasen wir mit dem Auto auf dem Vorfeld entlang, prüfen noch einmal das Umparken der Maschinen, geben letzte Anweisungen. Über Betriebsfunk werden wir zur Flugplatzeinfahrt gerufen. Dort werden die Kassenhäuschen aufgestellt, die Parkplatzeinweiser haben schon ihre Positionen bezogen. Die Polizei bietet Hilfe bei der Verkehrsregelung an, Feuerwehr, Rotes Kreuz und THW kommen und wollen ihre Abstellpositionen wissen. Wir schicken sie zum Crew Zelt. Hastiger Blick auf die Uhr. Verdammt, wir müssen zurück. Aber: Läuft alles. Nicken, Gegrinse.

Hektisches Treiben im Zuschauerraum: Die Händler bauen ihre Zelte auf, Stände und Imbisswagen werden geöffnet.

0900

Briefing für die Rundflugpiloten, festgelegte An- und Abflug-strecken werden genannt. Overhead-Projektion: Flugplatzlayout, Rollwege, Wetterberatung, Zeitfestlegungen, Platzrunden, Lärmschutzgebiete.

Papierkram: Alles immer irgendwo eintragen, am liebsten 7fach, A4, links gelocht, spotten wir. Pilotenlizenz-Nummern, Flugzeugdaten, Versicherungsbestätigungen. Der Mann vom zuständigen Luftamt ist auch schon da, sitzt etwas abseits und beobachtet alles ziemlich sehr genau.

Uhrenvergleich. *Any questions?*

Die Piloten gehen zu ihren Maschinen, der Mann vom Luft-amt begrüßt uns lächelnd: *Klappt ja gut, absolut pro-fessionell...* Naja. Aus berufenem Mund hört man's gern, denke ich nur. Ich sehe kurz nach draußen an den Himmel, es regnet nicht mehr, die ersten kleinen blauen Löcher sind zu sehen. Und die ersten vereinzelten Zuschauer laufen über das Gelände...

0930

Irgend jemand drückt mir wieder Kaffee in die Hand, ich weiß nicht, der wievielte es mittlerweile ist.

Wir sitzen mit dem Vertreter des Luftamtes und unserem Fluglotsen vom Tower wieder über Papieren, Genehmigungen, Flugplatzunterlagen, Versicherungen, und und und.

Kurze Besprechung über den Ablauf, alle nicken sich zu, okay, gut. So werden wir es machen.

Dann kurze Besprechung mit dem Briefing-Leiter: Ablaufplan für das Vormittagsprogramm durchsprechen. Kleine Ände-rungen: Spitfire erst ins Nachmittagsprogramm, die kommen heute früh erst aus England. Sonst alles okay. Draußen erster Flugzeugmotorenlärm, die Maschinen aus den Hangars rollen

Richtung Ramp.

Leise Musik aus der Übertragungsanlage, die Techniker checken die Einstellungen. Und die ersten Display-Piloten tauchen im Crew-Zelt auf. Wir grüßen uns von weitem. Alte Bekannte. Das Funkgerät piepst mich an: Anruf aus England - Spitfire und Corsair sind vor 15 Minuten in Duxford Richtung Deutschland gestartet. Ankunftszeit hier in etwa 2 Stunden 30. Ich atme auf, gebe die Nachricht gleich an die anderen weiter...

1000

Briefing für das Vormittagsprogramm, alles in Englisch. Ablaufplan, wieder Folien auf dem Overheadprojektor: Wetterberatung, Flugplatzlagekarten. Platzrunde, Sicherheitsabstände zu den Zuschauern, Sicherheitsmindesthöhen, Display-Line, Notverfahren, Ausweichflugplätze, Funksprechverfahren, Flugsicherungshinweise, Anlass- und Rollverfahren, Tankmöglichkeiten, Anlasshilfen - professionell wird alles abgespult, kurze Zwischenfragen. Beginn des ersten *schedules*:

1130

Uhrenvergleich. *Any questions?*

Als ich weit vorne auf dem Vorfeld stehe und Richtung Startbahn sehe, brüllte jemand von hinten *Hey, check six!!!*
Sekunden später überrollt mich ein gewaltiger Lärm: der Marine-Tornado aus Eggebeck rauscht in vielleicht 200ft im Nachbrennerschub quer über den Platz: *midfield-crossing.*
Er grüßt kurz mit den Flächen, zieht steil auf der anderen Flugplatzseite bis an die Wolken senkrecht nach oben und ordnet sich zur Landung in die Platzrunde ein:
Begrüßungsritual...

Und die ersten Zuschauerreihen an der Absperrung recken die Köpfe.

1030

Wir sitzen noch einmal kurz zusammen, besprechen letzte Kleinigkeiten. Das Team arbeitet gut, alles läuft wie am Schnürchen, per Funk fragen wir alle wichtigen Positionen noch einmal ab und bekommen kurze Klar-Meldungen. Die Rampies schieben die ersten Flugzeuge aus dem line-up an der Absperrung aufs Vorfeld zu ihren Anlass-Positionen.

1100

Einer der unzähligen Handy-Anrufe. Der Spitfire-Pilot von seiner Zwischenlandung in Münster. Spitfire und Corsair sind aufgetankt und werden gleich weiterfliegen...

Zwei T-6en rollen draußen vorbei, sie sind der erste Programmpunkt, nur noch wenige Minuten bis zum Beginn, immer noch strömen unzählige Besucher auf das Gelände, ich sehe auf die Uhr: Es ist gleich soweit - ich haste aufs Vorfeld, ein Techniker drückt mir das Funkmikro in die Hand, noch ein Blick zur Uhr: Es ist *1129*, als ich das Publikum begrüße...

1130

Über Funk höre ich die Startfreigabe für die T-6 Formation und nun geht es Schlag auf Schlag: Das Programm rollt in abwechslungsreichem Fluss über uns ab, Maschine auf Maschine startet und fliegt eindrucksvoll ihr Programm vor, doch ich habe kaum Zeit, die Vorführungen zu genießen. Zwischendurch fliegt eine Pitts ihr Kunstflugprogramm nach Musik, ich stecke das Mikro in die Beintasche meiner Kombi: Ein Moment zum Luftholen.

Der Veranstalter rast mit seinem Roller über die Flightline, hält kurz bei mir an: *Alles ok? Haste Zeit?* Ich nicke.

Er stellt den Roller ab, setzt sich einige Minuten zu mir. Schon mal das Nachmittagsprogramm vorbereiten ...*lass uns mal mit der Mustang anfangen, oder?*.

Ein Typ von der Polizei meldet sich über Betriebsfunk: Ziemliche Staus bei der Anfahrt, aber: Läuft alles....

Pressebetreuung nebenbei (*was war das jetzt für ein Flugzeug?*), neue Piloten kommen an (*wo müssen wir hin und wann ist Briefing?*), kurz ins Crew-Zelt (*gibt's noch 'nen schnellen Kaffee?*) der Veranstalter in einer Ecke beim Fernsehinterview, (*...und schauen Sie bitte nicht in die Kamera, sondern auf den Reporter!*), immer wieder knarzt der Betriebsfunk (*...da haben Eltern ihr Kind verloren, wo schick ich die hin?*), Handy Anrufe (*...ich bin Mr. Oberwichtig, mit einer Cessna 172 aus blablabla, dürfen wir bei Ihnen gleich mal landen?*), VIP's- begrüßen (*...der Flug hierher war ja hinreißend!*), Stress pur, Hauptsache, die Moderation kommt daneben nicht zu kurz... lediglich als zum Ende des Vormittagsprogramms die MiG-29 im Nachbrennerstart mit 80° donnernd nach oben zieht, stellen auch wir uns zehn Minuten mit glänzenden Augen an die Flight-Line...

1330

Mittagspause, aber von Ruhe keine Spur, schnell was essen im Crew-Zelt und dann das Briefing vorbereiten, Besprechung mit dem Flight-Line Director. Spit und Corsair sind vorhin gelandet, da müssen wir zur Begrüßung rüber.

Nachbesprechung des Vormittagsprogramms mit dem Mann vom Luftamt: Große Zufriedenheit, er lobt uns für den reibungslosen Ablauf.

Na bitte.

1400

Briefing für das Nachmittagsprogramm. De-briefing für den Vormittag: der Air-Boss bedankt sich bei allen Piloten für den sauberen Flugbetrieb: *...nobody spoiled it, everything well-save,* *thanks a lot!* Kurzer Beifall. Dann wieder wie am Vormittag: Ablaufplan, Folien auf dem Overheadprojektor: Wetterberatung, Flugplatzlagekarten.

Platzrunde, Sicherheitsabstände........

1430

Das Zuschauergelände ist jetzt brechend voll, die Menschen drängen sich um Absperrungen und Flugzeugen, wir rasen mal wieder mit dem Auto an der Flight-Line entlang und checken nochmals alles ab, gleich geht's weiter. Die Ground-crew leistet gute Arbeit, bereits jetzt stehen schon wieder die ersten Maschinen auf ihren Positionen draußen auf der Ramp, das Display beginnt in 15 Minuten...

1500

Pünktlich hebt die P-51D Mustang ab, unzählige Kameras starren ihr nach und fast 40.000 Zuschauer lassen sich vom satten Klang des Merlin-Triebwerks berauschen und sind von Geschwindigkeit und Wendigkeit des alten Jägers beeindruckt. Dann neuer Stress: das Anlassaggregat ist verreckt, wir müssen ein neues irgendwoher herzaubern, zwischendurch fragt der Reporter eines Luftfahrtmagazins nach Mitflugmöglichkeiten in Warbirds, und so geht das laufend, fast noch schlimmer als am Vormittag. Mittlerweile ist es richtig warm geworden, blauer Himmel, an dem sich die Piloten austoben. Ich unter Strom. Aber so richtig.

1800

Alles gut gelaufen, jetzt sind wir auch etwas ruhiger. Viele Besucher noch um die abgestellten Maschinen, nur die Rundflugpiloten brummen noch mit ihren Sportflugzeugen durch den abendlichen Himmel.

1830

Charly kommt auf mich zu, als ich versonnen an der Corsair stehe: *Was machst'n Du jetzt?*, fragt er, ich zucke etwas erschöpft mit den Achseln: *Wahrscheinlich gleich 'n Bier trinken gehen*, antworte ich, und er schüttelt den Kopf. *Komm, lass mal fliegen gehen*, sagt er bloß.

Wir haben da nämlich was ausgeheckt..., schiebt er bedeutungsvoll nach und nickt zu seiner Stearman rüber. *Kommste mit? Naaa?* frage ich gedehnt, trotte ihm neugierig hinterher und bin gespannt, was jetzt kommt. Als ich mich anschnalle und er hinten ins Cockpit klettert, ruft er: *Wir haben 'ne eight-ship zusammengebastelt und wollen dahinten einmal um die Großstadt rum, clearance gibt's zwar keine, aber wir knallen jetzt einfach los, okay? Du machst den lead, Du kennst Dich doch hier aus oder?* Ich lache laut und schüttele den Kopf.

Er lacht polternd von hinten: *Sehr gut! Hab ich mir gedacht - ich mich nämlich auch nicht! Na, das kriegen wir schon!*

Ihr seid ja völlig verrückt! gröle ich nach hinten.

Wir lassen an und rollen im sanften Zickzack den endlosen Taxiway Richtung Bahn.

An der Schwelle versammelt sich schnell ein Pulk von Doppeldeckern: Zwei Stearman, vier Tiger Moth, die Pitts Special und eine Focke-Wulff Stieglitz.

Der Controller lässt uns von der Leine und wir starten in das sanfte Abendlicht, mit einer großen Linkskurve nehmen wir Kurs auf die Großstadt im Westen, die helle orangefarbene Sonne schwebt bereits über dem Stadtrand. Wir ordnen die Formation in ein großes V, der Sonnenuntergangshimmel ist klar und hell, als wir weit oben und gut sichtbar hoch über das große Stadtgebiet brummen.

Wir wechseln die Formation noch einmal, und als ich mich in im strahlenden Licht des Sonnenuntergangs inmitten einer Wolke von Doppeldeckern finde, wird alles ganz still in mir.

Mit einer Handbewegung streife mir die Fliegerhaube ab, lasse mir die kühle Luft, den Wind und den Lärmschwall unserer Motoren um den Kopf toben. Wir winken uns aus den offenen Cockpits zu, das leichte Auf und Ab in der Formation ist wie ein sanfter Tanz, die verstrebten Flächen blitzen ab und zu im milden Licht auf, die Propellerkreise wirken manchmal wie große, blanke Scheiben und im grellen, tief stehenden Gegenlicht sehe ich die Silhouetten unserer langen Flugzeugreihe am Himmel. So schweben wir mit knatternden Motoren in einem sanften, weiten Kreis um die Stadt, genau auf die rote riesige Sonne zu, die nun eine Handbreit über dem Horizont steht.

Als wir uns im blassen Abendlicht wieder dem Flugplatz nähern und uns für die Landung anmelden, bekommen wir ein delay über Funk: *...stay well clear of pattern, Transall for high-speed low-go on long final, afterwards for landing. Formation establish as number two behind, use caution on wake turbulance, standby for landing clearance – acknowledge.*
Also bleiben wir, wo wir sind, Charlie lässt die Fläche hängen und hinten am Platz sehen wir von oben die große C-160 im Tiefstflug über die Runway schießen, sie scheint fast am Beton zu kleben und zieht am Ende der Bahn beeindruckend steil nach oben.
Zehn Minuten später haben auch wir wieder Boden unter den Rädern, es ist fast dunkel.

2000

Keiner mehr im Crewzelt. Dafür ist die Rampe der Transall
unten, und drinnen steht alles voller Bierzeltgarnituren.
Wieder großes *Hallo*. Ich dränge mich nach vorne ins Cockpit
und bekomme sofort ein Bier gereicht. Eine alte Crew, die ich
noch vom letzten Jahr her kenne. Ich werde nach vorne auf
den Co-Sitz expediert, wir unterhalten uns lange, hinten aus
dem Laderaum erhebliches Gejohle. Wir haben den ersten Tag
gut hinter uns bringen können, alle sind sehr zufrieden,
großartige Stimmung.
Gegen *2400* bringt uns der Crewbus zurück.
Noch eine halbe Stunde Hotelbar...

Letzter Tag

Zweieinhalb Tage Programm haben wir hinter uns gelassen.
Zwei Tage Dauerstress. Zwei Tage voller Flugzeuge. Zwei
Tage voller Erlebnisse. Alles wie im Rausch. Unzählige Starts
von unzähligen Maschinen. Sicher ein paar Liter Kaffee. Bier.
Erinnerungsgespräche mit vielen Freunden.
Dazu drei fantastische Flüge: Die wunderbare
Doppeldeckerrunde im Sonnenuntergang, am nächsten
Morgen dann der Weckflug über der Stadt und das um-
liegende Land mit der B-25. Über dreitausend PS rissen die
Mitchell donnernd in den kristallklaren Morgen, mit Spezial-
freigabe röhrten wir im Tiefflug um die Stadt und über die
weiten Felder, tauchten in eine lange Waldlichtung ab und
überholten einen ICE, als wir an der Bahntrasse entlang-
schossen - der Zeiger Uhr im Cockpit zitterte immer kurz vor
230kts-Marke.
Abends dann die Yak-52 auf den Rücken gelegt: ein galantes

Abenteuer aus Rollen, Loops, Turns, Cuban Eight's und Messerflugeinlagen am stillen Abendhimmel.

Es ist fast dunkel, als wir aus dem letzten, sehr tiefen Überflug fast senkrecht in das endlose Dunkelblau über uns schießen und nach einer halben Kubanischen Acht alle Klappen und Räder fallen lassen.

Nach der Landung rollen wir noch zum Tanken, ich sitze draußen auf der Fläche und lasse mich vom Propellerstrom durchpusten...

Es ist fast *1900*.

Die Händler haben ihre Stände abgebaut, Ordner machen sich daran, die Absperrgitter zu stapeln, vor einer halben Stunde verschwand die Doppeldeckerformation am weit hinten am Horizont.

Ich sitze auf meinem Pilotenkoffer und warte auf den Shuttle zum Bahnhof. Müde. Und erschöpft. Angefüllt mit wunderbaren Erlebnissen, langen Gesprächen, seltenen Flugzeugen, überraschenden Flugstunden.

Wichtigen Freundschaften. Der Flugtags-Familie.

Als ich tief in der Nacht aus dem Bummelzug am Bahnhof meiner kleinen Stadt klettere und zum Auto tappe, denke ich nur noch daran, ein paar Stunden zu schlafen. Schlafen, schlafen. Schlafen.

Einen Augenblick lang sitze ich müde hinterm Lenkrad, bevor ich den Wagen starte und denke nach.

Mit leisem Lächeln weiß ich, dass ich in knapp zwei Wochen mittags wieder hier stehen werde.

Auf diesem Bahnhof.

Auf dem Weg zu irgend einem großen ehemaligen Militärflugplatz irgendwo im Süden.

Mit leisem Lächeln weiß ich, dass ich wieder unstet und aufgeregt sein werde.

Vor der nächsten Airshow.

Das Fieber.

Es wird wieder da sein.

Last Call

Mann, ich werde mich wohl immer an diesen Tag erinnern, als ich Clarke kennenlernte.

Das war so: Ein alter Kumpel, der Learjets für einen VIP-Carrier flog, hatte im Sommer irgendwann ziemlich viel im Süden von Spanien zu tun. Ich hatte gerade viel Zeit und nach ein paar Telefonaten nahm er mich auf einer seiner Leer-Touren (natürlich unerlaubt) mit in den Süden. Ich hatte von einer Airshow auf der Morón Airbase gehört, die etwas südöstlich von Sevilla lag und er versprach, mich dort nach einer spontanen *Zwischenlandung* abzusetzen.

Ich vergnügte mich also auf dem Flug zwischen Cockpit und Ldersofa mit übriggebliebenen Lachsschnittchen und Sekt in FL300 auf dem Weg nach Spanien, wir parkten nach der Landung kurz auf dem VIP-spot der Airbase und ich kletterte sehr zufrieden in der südlichen Gluthitze bei laufenden Triebwerken aus dem wohlklimatisierten Lear.

Ich half noch, die kleine Gangway einzuklappen und sah, wie mein Kumpel ein paar Minuten später mit dem Ding die Runway entlang schoss, steil nach oben zog und bald als winziger Punkt am knallblauen Himmel verschwand.

Die flightline war mit spanischen, amerikanischen und britischen Militärjets gut und reichlich bestückt, etwas abseits parkten die sieben Casa 101 der Patrulla Àguila, dahinter einige Transporter, Hubschrauber und Aufklärer, dazwischen ein paar Warbirds aus dem 2. Weltkrieg, ganz weit hinten auf der hitzeflirrenden Ramp konnte ich neben zwei C-5 auch einige KC-135er erkennen.

Clarke sah ich zum ersten Mal, gleich nachdem er gelandet war. Zusammen mit einer Spitfire nagelte er in enger Formation mit seiner Hurricane in Ameisenkniehöhe über den braun-gelblich verbrannten Grasstreifen zwischen Runway und Vorfeld, zog hoch, die Spit ordnete sich nach militärisch korrektem *standard overhead break* als Nummer zwei in die Platzrunde ein und beide setzten wenig später nacheinander geordnet auf und rollten auf ihre Abstellpositionen.

Selbstbewusst stemmte er sich aus seiner Hurricane, kraxelte auf die Fläche, sprang federnd auf die Ramp und unterhielt sich laut lachend mit dem Spitfire-Piloten. Clarke war etwas klein, ein bisschen untersetzt; er trug eine verblichene grüne amerikanische Kombi ohne irgendwelche Abzeichen und eine

Randolph-Sonnenbrille, doch das wirklich Auffällige an ihm war jedoch seine überallhin sichtbare rote Haarpracht.

Die Lackierung der beiden Maschinen war etwas größenwahnsinnig, wie Clarke mir später gestand: Seine Hurricane Mk I flog in den Farben von Douglas Bader zu der Zeit, als er Squadron Leader des No. 242 Sq. war - ich erinnere mich immer noch an das blaue Staffel-Signet, das unter Clarkes Cockpit auf der Backbordseite prangte.

Die Spit von Will war eine Mk IX und flog als Maschine von *Johnny* James Edgar Johnson mit der Kennung *Juliet - Echo – Juliet*, einem britischen fighter-ace aus der Luftschlacht um England. Als ich Clarke später mal danach fragte, ob das nicht ein bisschen dick aufgetragen sei, lachte er nur und sagte: *Ya know, kid, the Brits love this!*

Es war ein hübsches Flugprogramm und wir hatten - trotz der Hitze über der andalusischen Ebene - unsere Freude.

Ich weiß bis heute nicht mehr, wie ich auf die Gästeliste der abendlichen Party geraten bin. Wirklich: Keine Ahnung.

Ein großer Hangar, sie hatten eine Art Bühne aufgebaut und an den Seiten links und rechts je eine frisch polierte F-16 als Deko geparkt. Vier, fünf lange Reihen mit diesen Bierzeltgarnituren, eine freie Fläche unmittelbar vor der Bühne, auf der sich eine Tanzkapelle einspielte, links eine lange Theke, an der Decke schwebte wolkig die obligatorische Fallschirmdekoraktion. Die schweren Hallentore nur einen Spalt breit geöffnet. Richtig viel los war erst, als es fast dunkel war. Tanzfläche voll, die Kapelle dudelte leidenschaftslos irgendwelchen Pop-Kram, an den Tischen längs der Bar viele Leute in Kombis: Piloten der Base und der Show. Davon deutlich abgesetzt auf der anderen Seite die üblichen Anzug- und Ausgehuniformträger, die sich mit ihrer ebenso herausstaffierten weibliche Begleitung schmückten.

Inmitten der Kombis die roten Haare von Clarke.

Ich musste damals schon ein bisschen schmunzeln.

Wer war das bloß? dachte ich noch.

Wir lernten uns an der Theke kennen. Ich wollte endlich was bestellen und hatte mich mit einiger Mühe und Zeit durch die vielen anderen nach weit vorne gearbeitet, als er sich mit dem Ruf *Heyhey, anything to drink around here??* bestens gelaunt und ziemlich energisch durch den Thekenpulk einfach frech nach vorne durchquetschte.

Dann stand er neben mir und ich konnte irgendwie gar nicht anders, als ihm das nächstbeste Bier in die Hand zu drücken. Er quittierte das mit einem strahlenden Lachen *Thanks kid, c'mon, we gonna get this* und zog mich - ich hatte zum Glück ein zweites Bier ergattert - ohne das ich wusste, wie mir geschah mit zu dem Pilotentisch, an dem er residierte.

Wir unterhielten uns kurz, er stellte mich ohne Umschweife William - also: Will - vor, den ich als den Spitfire-Piloten wieder erkannte und lachte. Will war ein kerniger und drahtiger Typ, mit einem sehr trockenen Humor. Er schien mir oft ganz das Gegenteil von Clarke.

Ich erfuhr später von Clarke, dass die beiden sich schon eine Ewigkeit kannten und zusammen in der RAF zusammen geflogen waren. Er titullierte mich anderen gegenüber später oft *the bloody german* und lachte dabei, das war dann okay. Ich wusste ja, wie er es meinte.

Clarke stand also damals kurz auf, wies auf mich und brüllte: *Folks, you need to know this kid. Cause he knows how to get the drinks in here* und damit war der Abend - besser: die Nacht -

eigentlich gelaufen.

Seit dem nannte er mich immer *kid*. Kleiner.

Ich gewöhnte mich daran.

Jedenfalls rätselte ich am kommenden Morgen, wie ich in das Bett der Kaserne gekommen war, in dem ich aufwachte.

Ich weiß bis heute nicht wieso, aber irgendwie hatte er einen Narren an mir gefressen und mich einfach mitgeschleppt.

Wir fuhren morgens mit einem Armee-Kleinbus wieder zurück nach Morón und frühstückten in der Offiziersmesse zusammen mit allen andern.

Den ganzen Tag hing ich mit Clarke und seinem Kumpel zusammen, nahm in Spitfire und Hurricane Platz, ließ mir von ihm alles geduldig und voller Neugier erklären.

Es waren zwei außerordentliche Tage, die ich ganz sicher nie vergessen werde.

Das war also Clarke.

Wir freundeten uns an, damals in Spanien. Adressen, Telefonnummern, e-mails wurden getauscht.

Abends rauschte mein Kumpel mit dem Lear wieder an, ich stellte alle noch vor, aber wir hatten kaum Zeit: Der Rückflugslot rief.

Mit einigem *Hallo* verabschiedeten wir uns und nach einem reichlich niedrigen Überflug schoben uns die Turbofans des Lear wieder auf FL340 und ungefähr zweieinhalb Stunden später standen wir wieder auf unserem Flugplatz in Deutschland.

Ich weiß noch, ich war todmüde. Aber sehr angefüllt mit meinen Erlebnissen. Sehr.

Schon ein paar Tage später erreichte mich Clarks erste mail

und seitdem schrieben wir uns fast jede Woche ein paarmal.
Zuerst schickte er mir seine *dates* - wie er es nannte: Die Tage
und Orte, auf denen er solo oder zusammen mit Will auf
irgendwelchen Airshows, Veteranentreffen oder sonstigen Veranstaltungen unterwegs war; er verfluchte oder lobte wortreich
die Hotels, berichtete von besonderen fliegerischen Erlebnissen
oder von anderen Piloten, die er traf.
Ich schrieb von meinen - dagegen vergleichsweise kleinen -
fliegerischen Ausflügen, was uns aber eher vereinte. Er fragte
immer ganz genau nach und wollte wirklich alles wissen. Also
alles. Über die Flugplätze, die Maschinen, meine Erfahrungen,
das Wetter - ach, ich weiß nicht. Eben über alles.
Er schätze meine Art zu schreiben und wir beide waren tief
dankbar für unsere Fliegerei und das, was es uns an unver-
gleichlichen Erlebnissen und Empfindungen ermöglichte.
Auch darüber schrieben wir uns sehr viel, manchmal auch sehr
poetisch. Natürlich.
Ich habe das natürlich noch alles aufgehoben, irgendwo.
Vier oder fünf Mal im Jahr trafen wir uns irgendwo in Europa
auf irgendwelchen Flugplätzen und hatten unglaublich viel
Spaß. Also richtig viel. Und damit meine ich nicht nur die
bekannten Saufgelage. Die gab's aber auch.
Durch ihn lernte ich viele interessante Leute kennen und war
immer mitten in der Szene, schrieb ab und zu Berichte und
Artikel in der Luftfahrtpresse darüber.
Und das war etwas, das Clarke merkwürdigerweise jedes Mal
tief beeindruckte, wenn er davon erfuhr. Ich musste ihm die
Zeitschriften, links oder Artikel immer sofort schicken, wenn
er sie sich nicht schon selbst besorgt hatte. Ich wunderte mich
immer wieder darüber. Naja. Ein bisschen stolz war ich schon.

Und Clarke wusste immer, wie er mich durch seine vielen Kontakte mit etwas überraschen konnte. Eines Tages im Frühjahr kippte ich fast vom Schreibtischstuhl, als er mir quasi in einem Nebensatz schrieb, er hätte für mich einen Platz in einer C-47 ergattert, die aus Devon über den Kanal flog, um an den Feierlichkeiten zum D-Day an der französischen Normandie-Küste teilzunehmen. Das ist fast eine eigene Geschichte wert.

Derartige Verrücktheiten veranstaltete er ständig, er freute sich wie ein Schneekönig, wenn er merkte, wie groß die Überraschung für mich war.

So also wurden wir nach kurzer Zeit die dicksten Freunde. Zwar bedeutete uns die Fliegerei alles, und ich wusste mittlerweile die komplette Geschichte seiner Hurricane mit allen Wirrungen, und er kannte - glaub ich - mein Flugbuch auswendig, genauso wie jede Geschichte, die ich ihm von meinen Flügen erzählen konnte. Aber es war noch deutlich mehr.

Klar, wir haben auch einige Liter zusammen getrunken und uns oft in bester Laune ziemlich abgeschossen. Ich kenne bis heute niemanden, der so viel verträgt wie Clarke und am nächsten Tag wieder so gutgelaunt und unverdrossen beim Frühstück sitzen kann. Aber wir haben auch immer gut aufeinander aufgepasst. Immer.

Ich kannte ihn nach wenigen Jahren sehr, sehr gut und er mich natürlich ebenso. Wenn etwas war, das uns bewegte, telefonierten wir manchmal nächtelang - das war ganz normal. Sein kritischer und bedächtiger Rat war mir immer willkommen und wichtig, und mir gelang es oft, ihn zu besänftigen, wenn er leidenschaftlich viel zu aufgeregt war oder sich irgendetwas sehr zu Herzen nahm. Wir diskutierten hart und waren doch immer nie weit auseinander.

Selten genug hatten wir die Gelegenheit, mal zusammen zu fliegen. Also: Im gleichen Flugzeug.

Seine fliegerische Intuition und seine Erfahrung waren einfach völlig phantastisch, alles beseelt von einer ganz natürlichen Leichtigkeit und Selbstverständlichkeit. Fragte ich ihn über andere Piloten, die immer alles angestrengt humorlos super-genau machen wollte, schüttelte er nur verständnislos den Kopf und grinste: *Uptight idiots, kid. They don't really fly. Forget it...*

Wir flogen also durch die Gegend und erzählten uns dabei die verrücktesten Sachen - gerade so, wie es Leute tun, die zusammen mit dem Auto seit Ewigkeiten eine altbekannte Strecke fahren. Aber ihm entging dabei nichts, er flog die Maschine immer mit einer inneren Vorahnung, ich kann das wirklich kaum erklären. Auch als Co.

Manchmal band er Teile unserer Unterhaltungen mit einem irischen Augenzwinkern in den Funkverkehr ein und sorgte bei den Controllern für verdutzte Rückfragen, was uns stets völlig amüsierte.

Er staunte - wie ich auch übrigens heute noch - nach vielen vielen Flugstunden immer noch über die Schönheit von Wolkenformationen, über Flüsse und Felder, weite Land-schaften, die sich unter uns hinzogen. *Whoooow, kid, take a look at this...*, sagte er immer, beugte sich selbstvergessen vor und wies irgendwohin.

Und sein verrückter Schalk war unglaublich und immer ir-gendwie da. Ich erinnere mich an einen Anflug auf einen ver-schlafenen Sportflieger-Flugplatz irgendwo querab des Ruhrgebiets. Wir waren mit einer alten V35 Bonanza unterwegs, die ich nach Süden zurück überführen sollte. Wir wollten noch mal tanken und in der AIP stand, dass die Luftaufsicht dort auch Englisch ansprechbar sei, Clarke grinste mich bloß an, tippte auf die Stelle auf der Anflugkarte und sagte breit grinsend *Hey kid, lets check this out* und sprach den Flugleiter auf Englisch an.

Wir bekamen eine reichlich staksige und bemühte englische Antwort und das reichte Clarke aus, nun stach ihn endgültig der Hafer: In sehr breitem irischen Akzent, den er aber mit erheblicher Sprechgeschwindigkeit zu versehen wusste, frage er im Gegenanflug nach einer *permission for low-go, high speed simulated low level tower-attack, afterwards fullstop.*

Eine auffällig lange Zeit lang war völlige Stille im Funk, der Flugleiter schien wohl einigermaßen verdutzt und versuchte augenscheinlich, die ungewöhnlich und ihm kaum verständliche Anfrage zu enträtseln.

Schließlich kam nur ein unsicheres *Yes Sir* vom Flugleiter, der sich wohl keine Blöße geben wollte.

Clarke grinste mich wieder breit an, checkte mit einem aufmerksamen Seitenblick den Luftraum, legte alle Hebel auf den Tisch und wir donnerten mit sicher über 170kts in einer Armlänge Entfernung auf Höhe der Kanzel des Towers vorbei. Er zog die Bonanza rasant hoch, legte sie mit etwas over-bank in eine Steilkurve nach links, und als die Geschwindigkeit weg war, fuhr er alle Räder und Klappen aus, hängte die Maschine eine halbe Minute später in vielleicht noch 150ft Höhe über der Schwelle an die Klappen, fiel fast senkrecht nach unten auf die Piste zu, kurzer flair mit Minimalspeed, butterweich aufgesetzt und abgerollt. Alles vom Co-Sitz aus natürlich.

Hollywood-approach nannte er das.

Als wir am Zaun vorbeirollten, winkten ein paar verlorene Sonntagsflugplatzbesucher und ich sah auch einige klatschen. Das war genau Clarkes Ding.

Immerhin hatte der Flugleiter Humor, und als Clarke ihm dann noch unverdrossen auf die Schulter haute und *Pleased to meet ya, mate* brüllte, konnte der nun wirklich gar nichts mehr sagen. Wir bekamen uns uns vor Lachen nicht mehr ein.

Das war eine sehr seltene, eine sehr besondere Freundschaft. Sie war außergewöhnlich. Wirklich.

Ich konnte ihm wirklich alles anvertrauen und er mir - denke ich - auch.

Dann änderte sich etwas.

Und zwar ganz radikal.

Vierzehn Jahre ist das jetzt her.

Es änderte sich mitten im Sommer.

Es war August. Ein sehr schöner Sommer.

Ich hatte Clarke und Will in Holland erst vor ein paar Tagen gesehen und wir hatten uns erwartungsgemäß wieder königlich amüsiert. Er erzählte mir, dass sie in den nächsten Tagen weiter nach Italien fliegen wollten. Wieder irgend eine Airshow in der Nähe von Venedig auf einem Militärplatz.

Ich machte mir keine großen Gedanken darüber.

Usual business.

Aber am späten Abend klingelte das Telefon. Ich saß grad vor dem Laptop bei einem kalten Bier und machte mir Gedanken über einen angefangenen Artikel. Ein Kumpel von meinem Flugplatz rief an.

Ob ich schon mal die Nachrichten gesehen hätte.

Ich ahnte sofort etwas absolut Katastrophales und suchte hastig einen x-beliebigen News-Sender im Fernsehen, den Hörer noch in der Hand.

Will war mit der Spitfire in Istrana abgestürzt, Aufschlagbrand, Pilot sofort tot, keine Chance mehr.

Ich zappte durch die Nachrichtensender: Kamerabilder aus einem Hubschrauber, mitten auf einer Betonbahn das schwelende Wrack der Spitfire, am Ende der Bahn an einem taxiway vor einem Shelter war deutlich Clarkes Hurricane zu erkennen. Abgestellt und offensichtlich ohne Schaden.

Ich suchte mein Handy und versuchte in fliegender Eile sofort, Clarke anzurufen, aber es war nur sein Anrufbeantworter dran.

Ich hinterließ eine kurze Nachricht und bat ihn, zurückzurufen.

Kaum schwer zu erklären, dass ich wirklich ernsthaft in Sorge um ihn war.

Natürlich war ich völlig geschockt über den Absturz von Will. Aber das war nun nicht zu ändern. So komisch das vielleicht klingt. Ich kannte ihn als Clarkes guten Freund. Aber eben nicht so gut wie Clarke.

Ich war sehr verstört.

Ich hatte schon vorher ein paar solcher Unglücke auch mit eigenen Augen ansehen müssen und es rinnt mir immer noch eiskalt den Rücken herunter, wenn ich nur daran denke.

Zumal wenn ich weiß, was für gute Piloten das immer waren. So wie Will. Ich hatte überhaupt keine Erklärung dafür.

Und in den Medien schmückten sich gleich wieder unzählige selbsternannte Fachleute mit den krudesten Unfalltheorien. Hätte, würde, könnte, sollte, müsste. Wahrscheinlich.

Fest zu stehen schien aber eins: Es war kein Unfall, der sich während der Flugvorführung ereignete, sondern die Spitfire war während der Landung auf der 08 in Istrana abgestürzt.

Ich fing natürlich auch an, nach Erklärungen zu suchen. Aber ich fand natürlich keine, obwohl ich gleich alles durchrappelte, was ich an Überlegungen parat hatte: Ein recht großer Militärplatz mit einer endlosen Runway für Jets. Platz ohne Ende also. Klar, eine Spitfire ist mit dem engen Fahrwerk liebt es natürlich, im Gras gelandet zu werden, aber auch Landungen auf Betonbahnen sind nicht unüblich und auch nicht besonders problematisch, wenn man weiß, worauf man achten muss. Jeder Spornrad-Pilot, der nur eine Cub fliegt, weiß das. Ich hatte mich mit Will sehr oft darüber unterhalten. Der wusste, wie das geht. Und selbst wenn das Ding sich nach der Landung auf den Rädern dann doch noch selbständig macht, sieht so ein Unfall anders aus, als das, was ich auf den Fernsehbildern sah.

Ich hatte wirklich keine vernünftige Erklärung dafür.

Dann klingelte mein Handy: Clarke.

Er war völlig verstört. So habe ich ihn nie vorher erlebt. Ich kannte ihn nicht wieder, er sprach völlig schleppend, mit langen, fast angstvollen Pausen. Er wäre okay, aber es sei sein Fehler gewesen. Er könne jetzt nicht sprechen, wolle sich aber melden.

Und legte auf.

So kurz war er eigentlich nie. Selbst wenn es mal ernst wurde, war er immer noch geduldig, genau, besonnen und ausführlich in seinen Schilderungen.

Ich bekam einen tiefen Schrecken und wusste sofort, dass da

etwas überhaupt gar nicht mehr stimmte und dass ich da irgendwie runterfliegen musste.

Und zwar so schnell wie möglich.

Ich telefonierte wie ein Irrer herum, charterte mir eine 175er Cessna und flog nach einer sehr sorgenvollen Nacht mit viel zu wenig Schlaf gleich am frühen Morgen des nächsten Tages damit nach Italien. Ich musste auf dem Nachbarplatz in Treviso landen, denn der Militärplatz war wieder für zivile Flieger geschlossen. Es war fast Mittag. Ich fand jemanden, der mich mit dem Auto nach Istrana rüberfuhr, und erkundigte mich an der Wache der Airbase nach Clarke.

Das war ein ziemlicher Aufriss: Schließlich musste ich dem Wachhabenden irgendwie erklären, warum ich hier her kam. Die stellten sich natürlich völlig stur. Ich war genervt und dachte erst, ich beiß hier völlig auf Granit und versuchte Clarke noch mal auf seinem Handy anzurufen, hinterließ eine Nachricht.

Ich blieb in der Nähe der Wache und sah durch das Tor rüber zu den gate-guards: Eine Aermacchi, weiter hinten konnte ich eine F-104 und eine G-91 erkennen. Unruhig spazierte ich auf dem Parkplatz in der Gluthitze vor der Wache hin und her und lernte Größe und Anzahl der markierten Parkplätze auswendig.

Ungefähr ein knappe Stunde später winkte mich dann doch noch ein Soldat heran. Der konnte nur Englisch radebrechen, aber nach dem üblich lästigen Papierkram besorgte er mir ein Auto und chauffierte mich durch das Militärgelände, vorbei an ein paar alten Thunderstreaks, die dort auf der Wiese standen. Wenig später hielten wir an einem flachen Gebäude, stiegen aus und in Begleitung des Soldaten lief ich durch ein paar

Flure bis zu einem Freigelände. Ich öffnete die Glastür und dort in einiger Entfernung an einem Pool saß Clarke unter einem Sonnenschirm.

Besser: Er hockte dort zusammengekrümmt in einem Stuhl mit einer Flasche in der Hand.

Ich ging rüber zu ihm und bedankte mich bei dem Soldaten, der uns aus angemessener Entfernung beobachtete.

Das war nicht mehr Clarke, wie ich ihn kannte. Es war ein Häufchen Elend. Er hob müde den Kopf, als er mich näher kommen sah und nickte einen Moment stumm vor sich hin. *It's good to see ya, kid*, sagte er und begann, hemmungslos und lange zu weinen. Ich saß nur neben ihm auf dem Rasen und ließ ihn in Ruhe. Er schwieg lange Zeit, nahm ab und zu einen heftigen Zug aus der Whiskeyflasche.

Dann sah er mich ganz zerbrochen an und redete.

Er war sicher betrunken, aber er sprach dennoch konzentriert, wenn auch leise mit mir. Ich versuchte, sehr ruhig Fragen zu stellen und Clarke erzählte stockend:

Üblicherweise machten sie sonst nach dem display einen break und landete zusammen. Also hintereinander in den normalen Abständen, die Spitfire als Nummer eins. Anders als sonst hatten sie sich morgens beim briefing überlegt, noch einen *solo-low-go* mit der Spitfire zu machen. Clarke sollte aus der Formation im pattern ausscheren und vorher landen, die Spitfire sollte so lange im holding bleiben, bis er abgerollt war, und dann aus dem langen Endteil zum Überflug kommen. Ungefähr mit 220mph, so um die 100ft Höhe. Kein Risiko, es gab keine Hindernisse im Anflug und keine auf dem Platz, die Absperrung zu den Zuschauern war deutlich weiter weg als sie es hätte sein müssen. Kein Risiko also. Keines.

Clarke landete also und die Spitfire wartet im holding auf ihre Freigabe. Nachdem Clarke die Hurricane auf den vorgesehen Platz vor einen Betonshelter neben dem Taxiway gerollt hatte, kam die Spit aus dem langen Endteil noch einmal im Tiefflug über die runway geschossen, ordnete sich in die Platzrunde ein, fuhr ganz normal die Räder aus und legte einen ebenso normalen Endanflug hin.

Clarke erzählte, er hätte gerade das Triebwerk abgestellt und sich halb über die Schulter die Landung angesehen. Das kannte ich gut von ihm: diese instinkthafte Wachsamkeit, er war auch dann immer aufmerksam, wenn man es ihm nicht ansah.

Er stockte und sah auf seine Flasche. Seine Augen füllten sich wieder mit Tränen.

Über dem ersten Drittel der Bahn kurz vor dem Ausschweben drehte sich die Spitfire plötzlich wie von Geisterhand bewegt auf den Rücken und krachte auf den Beton. Sie ging quasi sofort in Flammen auf - der Haupttank ist vor dem Cockpit, gleich hintern dem Brandschott des Triebwerkes.

Die Feuerwehr und das Rettungsteam waren sofort da und sie zogen Will mit schwersten Verbrennungen aus dem Cockpit. Er starb noch auf dem Flugfeld. Clarke war bei ihm.

Zwischendurch unterbrach Clarke sich immer mit *It's only my fault, kid* und schüttelte heftig den Kopf.

Ich überlegte, was passiert sein könnte, und versuchte Clarke zu beruhigen, aber er war nicht davon abzubringen, dass es seine Schuld sei. Überhaupt nicht.

Er weinte wieder sehr lange. Sehr lange.

Ich war bestürzt. Es fehlt mir der richtige Ausdruck dafür.

Wir saßen dort einige lange Stunden.

In der glühenden Sonne Italiens unter strahlend blauem Himmel an einem gepflegten Pool einer Luftwaffenbasis. Völlig irre.

Um die Situation etwas zu lösen, begann ich mich um Clarkes Rückreise zu kümmern. Fliegen konnte er alleine nicht mehr. Ich trieb einen Offizier auf, der recht gut englisch sprach. Nach verschiedenen Telefonaten gelang es uns, einen Abstellplatz für die Hurricane in einem leerstehenden Shelter zu organisieren und für mich ein Zimmer auf dem Gelände. Ich kümmerte mich um Clarkes Papierkram, soweit ich konnte. Er trottete den ganzen Nachmittag wie besinnungslos völlig passiv neben mir her und bekam kaum ein Wort raus. Gegen Abend schoben wir die Hurricane in die Halle.

Ich hatte ein paar Minuten für mich alleine schlenderte die Ramp entlang Richtung Runway und starrte auf die Bahn, versuchte mir das alles vorzustellen, durchzuspielen, wieder und wieder. Nach Fehlern zu suchen.

Es war sehr heiß, so wie heute, kaum Wind, dachte ich noch. Will und ich hatten oft darüber gesprochen, was bei einer Landung in der Spit zu beachten sei, Anflug mit etwa 85mph, Gas bis über der Schwelle stehen lassen - das Ding geht bei 65mph in den stall - dann kurz vorm Aufsetzen den stick vorsichtig mit viel Gefühl durchziehen und das Gas zügig ganz zurück. *Im Gras rollt sie prima geradeaus*, erzählte Will immer, *auf dem Beton musst Du vorsichtig im Seitenruder bleiben und die Bremsen nur mit viel Gefühl bearbeiten.*

Er lachte dann immer, kratze sich am Schnurrbart sagte: *This is no witchcraft, kid. It's just another aircraft. That's all.*

Ich konnte das immer noch nicht fassen. Das konnte doch alles gar nicht sein.

Dann dachte ich erschrocken an Clarke und eilte zurück. Der stand ganz gebrochen neben seiner Hurricane und stierte ins Leere.

Am Abend im Offiziersclub betrank er sich derart, dass wir drei Leute brauchten, um ihn auf sein Zimmer zu bringen. *It's only my fault, kid, believe me,* wiederholte er sich ständig und sein Blick klammerte sich an meine Augen, als wäre ich in der Lage, das alles zu verstehen, zu vergeben.

Er warf sich vor, den Unfall durch die Änderung des display-Ablaufes verursacht zu haben. Soviel hatte ich schnell verstanden. Das war natürlich barer Unsinn. Aber er hatte es sich in den Kopf gesetzt und war nicht davon abzubringen.

Am nächsten Tag stopfte ich Clarkes wenigen Kram in die Cessna, erledigte unruhig den Rest aller notwendigen Formalitäten und versicherte irgendeinem sehr nervigen Behörden-Fuzzi, dass Clarke zu gegebener Zeit für eine weitere Befragung zur Verfügung stünde. Ich rief einen seiner Kumpels in England an, der sich bereit erklärte, ihn am Flugplatz abzuholen und sich um ihn zu kümmern.

Dann flogen wir über die Alpen, machten in Deutschland zwei kurze Tankstopps und bei bestem Wetter flog ich über den Kanal nach North Weald, um Clarke dort abzusetzen. Während des langen Fluges sprach er wieder kaum ein Wort, starrte nur ganz benommen durch die Scheibe, seine Aufmerksamkeit und seine Leidenschaft schienen völlig von ihm gewichen zu sein.

Ich setzte ihn also in North Weald ab, sein Kumpel holte ihn direkt an der Maschine ab und ich flog wieder zurück nach Deutschland. Ziemlich gedankenvoll.

Über ein paar nicht ganz legale Kanäle kam ich schließlich

wenig später an den offiziellen Unfallbericht, bevor er veröffentlicht wurde. Darin wurde beschrieben, wie es sehr wahrscheinlich zu dem Unfall kam:

Es gab keine technischen Defekte, die Spitfire war in bestem technischen Zustand. Es gab keine Mängel bei der Durchführung der Show: Alle Regeln wurden punktgenau beachtet. Alle.

Der Unfall geschah sehr wahrscheinlich durch eine falsche Einschätzung des Piloten. Hieß es.

Es wurde vermutet, dass die Maschine kurz vor dem Aufsetzen durch ihre eigenen Wirbelschleppen geflogen war, die sich beim vorhergehenden Überflug gebildet hatten. Aufgrund ihrer geringen (Lande-) Geschwindigkeit kam es vermutlich an einer Fläche zum sofort zum Strömungsabriss, der in der Wirbelschleppe eine unumkehrbare, impulshafte Bewegung verursachte, die das Flugzeug sich unmittelbar um die Längsachse drehen ließ, hieß es.

Aufgrund des sehr heißen und stabilen Hochdruckwetters ohne nennenswerte Luftbewegung in Verbindung mit einer entsprechenden Dichtehöhe unmittelbar über der Runway hätten die durch den vorhergehenden Überflug entstandenen Wirbelschleppen ungewöhnlich lange und fast unverändert über der Bahn stehen können und wären so mutmaßlich die Ursache des Unfalls.

Damit war der Fall für die Behörden abgeschlossen.

Ich überlegte. Ich druckte mir alles aus, setzte mich ein paar Tage später in eine Linienmaschine und flog nach England, lieh mir in Stanstedt ein Auto und fuhr zu Clarke.

Ein Freund von ihm hatte die Hurricane überführt, ich sah sie in der Halle stehen, als ich in North Weald nach Clarke fragte. Wochenlang schien ihn niemand gesehen zu haben. Ich fuhr also zu seiner Wohnung. Clarke war immer viel unterwegs, er lebte in einem kleinen Haus in der Vorstadt von North Weald; sein Wagen stand vor dem Grundstück, als ich ankam. Ich klingelte und wenig später öffnete er und stand etwas verstrubbelt in Joggingklamotten vor mir. Fahrig, mit gebrochenem und unruhigem Blick bat er mich herein: *Good to see ya, kid*, sagte er leise. *Let's have a drink.* Seine Wohnung war - wie sonst auch - einigermaßen unaufgeräumt und wir ließen uns in der Küche nieder.

Müde holte er ein paar Gläser und eine Flasche aus dem Schrank, während ich den Unfallbericht aus der Tasche holte. Clarke las aufmerksam und schob die Papiere mit einer langsamen Handbewegung zur Seite. *Es war nicht deine Schuld, niemand hatte Schuld* versuchte ich, aber er schüttelte nur unwillig den Kopf und begann mir träge auseinanderzusetzen, dass er das alles hätte wissen müssen, er hätte einer Änderung des Displays niemals zustimmen dürfen. Er hätte immer auf Will aufgepasst. Immer.

Ich blieb über Nacht.

Er erzählte viel über Will.

Über die Beerdigung.

Über die gemeinsame Zeit bei der RAF, ihre Ausbildung.

Sie hatten zusammen bei den *Air Cadets* angefangen, Wills Eltern waren früh verstorben: Ein Flugzeugabsturz in Asien. Will war sehr intelligent und sehr zurückhaltend, während Clarke stets impulsiv und immer voller verrückter Ideen war. Er bekam deswegen ständig Ärger mit irgendwelchen Vorgesetzen, sie hätten ihn sicher bald aus der RAF entlassen, wenn er nicht so ein guter Pilot gewesen wäre und wenn Will, der einen höheren Dienstgrad hatte als Clarke, sich nicht ständig für ihn eingesetzt hatte.

Clarke lachte leise.

Will hatte ihn immer mit durch die Prüfungen geschleppt und ihm immer geholfen. Clarke war für ihn da, wenn es mal brenzlig wurde oder wenn Will durch seine Zurückhaltung einfach mal auflief oder irgendwelche Chancen verpasste. Sie flogen in der RAF die ersten Lightnings und später F-4, manchmal sogar in der gleichen Staffel. Sie kamen um die halbe Welt und flogen, flogen, flogen. Wann immer es ging. Clarke erzählte auch von seinen ersten Flügen in alten Warbirds und wie er kurz vor Ende seiner Dienstzeit Will sofort infizierte. Erste Airshows auf alten Tigermoths und Jennys, T6en, auf ausgemusterten Chipmunks und Provosts. Ihr Ritterschlag wurde das P-51 rating. Jedenfalls erzählte er das so.

Und als sie vor vielen Jahren die Möglichkeit bekamen, die Spitfire und die Hurricane zu kaufen, schlugen sie sofort zu und steckten all ihr Geld und ein paar Kredite in die Maschinen. Kaum noch Geld Auto zu fahren oder mal essen zu gehen. Erzählte er.

Heute unbezahlbar, die Mühlen. Sagte er und ein leichter Glanz ging über seine Augen, verblasst aber gleich wieder. Sie flogen erst auf der Insel und waren bald auch quer durch Europa ein gefragtes Team. Geld ließ sich damit nicht verdienen. Sie flogen nebenbei als freelancer irgendwelche charter-Jobs. Ich erinnere mich, wie ich Will mal danach fragte und er schulterzuckend sagte: *The little money you get for airshow-work is hardly enough to preserve these birds.*

Aber sie flogen.

Mit ihren Erfahrungen waren sie bald gefragt, das sprach sich herum: Berater-Jobs, filmwork im Ausland, was sich so ergab. Sie feilten militärisch genau an ihren Vorführungen, das hatten sie gelernt. Sie flogen äußerst präzise, kalkuliert und ohne Risiko. Aber mit atemberaubender Leidenschaft in jedem Manöver. Das kannte ich. *It's real fun, but it's not easy,* sagte er immer bedächtig, wenn ich ihn nach einer Vorführung überschwänglich lobte.

Clarkes Redefluss war im Gang, er erzählte zwar langsam und schleppend, trank ungeheure Mengen Bourbon, aber erzählte. Weiter und weiter.

Als müsste er sich all das wieder zurückholen. Nicht für mich.

In der Wintersaison warteten sie ihre Maschinen fast alleine, was sie nicht wussten, lernten sie aus alten Handbüchern, holten sich Veteranen zu Hilfe und absolvierten quasi nebenbei ein halbes Ingenieur-Studium für Flugzeubau. Selbst über die Merlin-Triebwerke machten sie sich her und holten sich nur Spezialisten dazu, wenn sie mit ihrem Latein völlig am Ende waren.

Ich wusste von Clarke, dass er wirklich alles an seiner Hurricane kannte. Also wirklich alles. Er zeigte mir mal, wie man den Bespannstoff der Ruder richtig vernähte und ich war ziemlich baff.

Nie war etwas passiert, sagte Clarke oft. Niemals. Ich kam langsam dahinter, warum er sich die Schuld gab, auch wenn das sicher totaler Quatsch war. Aber ich begann, das alles zu begreifen.

Was wirst Du jetzt machen, Clarke? fragte ich ihn und er antwortete sehr lange nicht und sah in sein Glas.

Donknow, kid. It's all gone... sagte er nur traurig und auf einmal auch sehr bestürzt über seine eigenen Worte.

Dann erzählte er weiter und weiter und weiter. Früh morgens irgendwann fielen wir völlig betrunken in den Schlaf, ich wachte mittags ziemlich gerädert auf dem Sofa auf, Clarke saß schlafend nach wie vor zusammengesunken im Sessel. Ich hüllte ihn sanft in eine Decke und kochte heißen Kaffee, das weiß ich noch.

Als ich zurückfuhr, drehte sich die Nacht in meinem Kopf wie eine Endlosschleife. Und alles, was ich jetzt wusste. Mir war, als hätte ich einen Stein verschluckt, den ich so schnell nicht wieder loswerden konnte.

Ich weigerte mich eigentlich, all das zu begreifen. Clarke war ein erfahrener Kampfpilot. Ein erfahrener Warbird-Pilot. Er hatte schon *was-weiß-ich-nicht-alles* erlebt.

Er war ein lebensfroher Kerl, der sich von niemandem unterkriegen ließ.

Ich war sehr durcheinander und machte mir große Sorgen. So flog ich ein paar Tage später zurück nach Hause und war immer noch sehr verwirrt.

Ich hätte ihn eigentlich mitnehmen müssen. Verdammt.

Erzählen konnte ich das ja auch keinem. Die hätten alle bloß mit dem Kopf geschüttelt.

Fragen von meinen Kumpels nach Clarke bog ich ab, wich aus. Aber Clarke und ich blieben weiter in Verbindung. Er schrieb mir noch, aber sehr pessimistisch, unsere Telefonate dauerten sehr lange und es gab viele Pausen. Lange Pausen. Viel Trauer. Ich hörte nur zu. Nächtelang manchmal.

Es ging ihm schlecht. Es ging ihm wirklich sehr schlecht. Als könnte er sich nicht von seiner eigenen Last befreien.

Ich muss sagen, ich zweifelte oft an mir selbst während dieser Tage. Aber: Was - zum Teufel - hätte ich denn machen sollen? Was? Ich konnte ihm doch nicht sagen: *Mann, Alter lass Dich nicht so hängen, Du machst ja einen Affen aus Dir.* Ich konnte ihm doch nicht sagen: *Gib mal Gas, das wird schon wieder.*

Ich konnte ihm doch wirklich nicht irgendwelchen oberflächlichen und idiotischen Schwachsinn erzählen. Also hörte ich zu oder schrieb mir die Seele aus dem Leib.

Die Monate vergingen und nach einem müden und grauen Herbst wurde es langsam Winter. Clarkes mails wurden kürzer und waren resignierter, er rief seltener an. Wenn ich ihn anrief, kam ich mir vor, als wenn ein Vater sein Kind anruft, das aus sich heraus keinen Schritt mehr weiter weiß.

Es wurde Weihnachten und es wurde Neujahr. Das war wirklich eine schlimme Zeit. Ich dachte viel an Will und Clarke und nicht nur einmal war mir wirklich zum Heulen.

Was so ein Tod in uns anrichtet.

Was so ein Verlust in uns bewegt.

Dass er uns dort trifft, wo wir sämtlichen Mut verlieren können.

Dass er zerstörerisch alles verleugnet und uns nichts vergeben will.

Uns eine harte Hoffnungslosigkeit vor Augen führt.

Die nur von unseren verklärten Erinnerungen überstrahlt werden kann. Dass er uns mit tiefen Selbstmitleid überschüttet und blockiert. Und alle Auswege verwirft.

Nie hätte ich das geglaubt.

Und mehr und mehr begann ich, Clarke zu verstehen.

Besser, als mir lieb war.

Ich erfuhr auf Umwegen, dass die Hurricane unberührt und still abgedeckt in der Halle in North Weald stand. Seit vielen Monaten. Und die Zeit ging hin. Meine Sorge nicht.

Es war ganz genau Mitte Mai, als ich einen Anruf erhielt, der mich völlig aufscheuchte: Einer von Clarkes Freunden hatte sich von wer-weiß-woher meine Nummer besorgt und klingelte mich tief in der Nacht aus dem Bett. Clarke ließ niemanden mehr in seine Wohnung, wochenlang hatte ihn keiner mehr gesehen. Ich würde ihn doch gut kennen und so weiter. Ob ich was wüsste?

Ich packte sofort meine Siebensachen und flog mit einem Billigticket mit so einem Menschenfrachter in aller Frühe nach England.

Als ich bei Clarke klingelte passierte: Nichts. Ich klopfte und rüttelte an der Tür. Nichts zu machen. Keine Reaktion, nichts, gar nichts. Irgendwo brannte Licht.

Mittlerweile war mir einiges egal und ich bekam plötzlich Panik. Ohne auch nur eine Sekunde zu überlegen schlug ich mit dem Arm ein Fenster ein, öffnete den Riegel und kletterte in die Wohnung.

Dort sah es völlig chaotisch aus: überall verkleistertes Geschirr, irgendwelche Flaschen, Wäsche. umgeworfenes Mobiliar, es stank, alles lag irgendwo herum.

Dann fand ich Clarke im Bad.

Er war sturzbetrunken und völlig verdreckt, er erkannte mich kaum und es kam mir vor, als wäre er in den paar Monaten um zwanzig Jahre gealtert. Erbarmungswürdig. Im Sinne des Wortes.

Ich konnte das einfach nicht fassen.

Also zerrte ich ihn - so wie er war - unter die Dusche und steckte ihn danach ins Bett; ich fand irgendwo noch frische Wäsche und konnte es vorher neu beziehen. Als ich mir sicher war, dass er schlief, versuchte ich die Wohnung wenigstens einigermaßen wiederherzustellen.

Ich brachte ihm am nächsten Morgen Essen ans Bett, das er aber sofort wieder von sich gab. Er konnte kaum sprechen, jammerte ständig nach Bourbon, er hatte einen wirren Blick, war unrasiert und schien mir sehr verwahrlost. Sich seit langer Zeit selbst überlassen.

Clarke. Mein Freund. Kampfpilot und Airshow-Ass.

So konnte das einfach nicht weitergehen. Ich nahm mich deutlich zusammen. Sehr deutlich.

Für alles andere war keine Zeit mehr.

Ich besorgte einen Arzt, der ihn mit allen möglichen Medikamenten vollstopfte und bekniete einen von seinen Flugplatzkumpels so lange und so harsch, bis der keine Chance mehr hatte und mir heilig versprechen konnte, jeden Tag nach Clarke zu sehen und mich sofort anzurufen, wenn sich irgendetwas verändern sollte. Er hatte ja sonst niemanden, der sich um ihn kümmerte. Wie sollte das bloß weitergehen? Ich war ratlos.

Auf dem Rückflug nach Deutschland dann hatte ich - wie aus dem Nichts - eine ziemlich wahnsinnige Idee, die ich gleich in den nächsten Tagen akribisch vorbereitete.

Es schien mir die einzige Chance zu sein. Nein, ich war mir ganz sicher: Es war die einzige Chance.

Manchmal hat man so ein Gefühl, das sagt: Genau richtig! Nur

das. Genau das musst du jetzt machen. Und sonst gar nichts.
Es wird funktionieren. Und zwar ganz sicher.

Hat es dann auch zum Glück.

Und das war so:

Ich muss dazu erzählen, dass ich den Niederlanden einen
Bekannten hatte, der sich vor ein paar Jahren aus Frankreich
eine alte T-28D besorgt hatte, sie mit viel Mühe restaurierte
und sie nun in den Farben einer amerikanische Einheit aus
dem Vietnam-Krieg durch die Gegend kutschierte. Ich fand
das Ding schon immer irgendwie reichlich beeindruckend, wir
kamen ins Gespräch und eines schönen Sommerabends flogen
wir zusammen mal ´ne Runde mit dem Apparat. Das war
schon seeeehr cool.

Schließlich bot er mir wenig später an, mein rating auf seiner
28 zu machen - ich war natürlich völlig aus dem Häuschen
und nahm sofort an. Zwar war die T-28 nicht wirklich ein
Warbird, aber die D-Version mit dem 1820iger Wright-Trieb-
werk hatte schon richtig Dampf und man konnte damit schon
recht beeindruckend durch die Gegend brennen. Das Cockpit
war so groß wie eine Badewanne und sehr bequem, und der
Blick vorne durch die Haube hatte schon was von fighter-
feeling.

Ich flog also meinen check-out und donnerte mit dem
schweren Teil begeistert einige Zeit durch die Gegend - der
alte Trainer war nicht besonders tückisch und einigermaßen
einfach zu fliegen - auf dem Dreibeinfahrwerk landete er sich
wie eine schwangere, übermotorisierte 172er. Ich hatte meinen
Spaß.

Und das war es dann.

Es schien mir sofort genau das Richtige!

Es würde mich zwar ein kleines Vermögen kosten, aber das war egal.

Ich rief also in Holland an und nach einiger Verhandlung hatte ich die T-28 eine halbe Woche gebucht.

Ich begann, meinen Plan absolut genau vorzubereiten und fuhr Anfang Juni mit dem Auto nach Holland. Zur Sicherheit flog ich noch ein paar Platzrunden mit dem Vogel und startete am folgenden Tag. Richtung Kanal. Nach England. Hübsch nach Flugplan, mit Schwimmweste und dem ganzen Kram.

Allein der Flug über den Kanal in diesem Ding ist schon eine ei-gene Geschichte wert - über Calais raus aufs Wasser, die Kreidefelsen von Dover am dunstigen Horizont, die Ge-schichten der Luftschlacht um England im Kopf - das war schon der Hammer.

Ich konnte es mir nicht nehmen lassen, noch etwas an der britischen Südküste entlangzuballern, bevor ich Richtung Themsemündung flog, östlich einen weiten Bogen um London schlug und schließlich eine knappe Dreiviertelstunde später in North Weald landete.

Mit dem Freund, der sich etwas um Clarke kümmerte, hatte ich vereinbaren können, mir aus einem recht plausiblen Grund einen Abstellplatz hinter einer Halle zu besorgen, der sich vom Tower aus nicht einsehen ließ. Auf Fotos und der Anflugkarte hatte ich mir das vorher genau angesehen.

Ich rollte also ab, erbat die Parkposition und konnte eben dort abstellen. Ganz nach Drehbuch.

Ein paar Tage vorher hatte ich erfahren, dass Clarke so halb-wegs wieder auf den Beinen war. Nach den Schilderungen schien er aber jedoch immer noch wenig ansprechbar zu sein und hing wohl noch ziemlich an der Flasche. Naja.

Ich fuhr also raus zu ihm und es ging ihm tatsächlich immer noch hundelend. Wenigstens redete er wieder mit mir, zwar nur bruchstückhaft und manchmal etwas wirr, aber: Immerhin. Mit einiger Mühe schaffte ich es an diesem Abend, ihn von der Flasche fern zu halten, ich kochte irgendwas und schickte ihn ins Bett.

Frühmorgens weckte ich ihn, schob den fluchenden Clarke unter eine ziemlich kalte Dusche und begab mich an den Versuch eines britischen Frühstücks.

Er merkte natürlich, dass ich irgendetwas vorhatte. Klar. *What are you up to, kid?* wollte er dauernd wissen.

Ich erzählte ihm irgendwas über einen Ausflug und das er mal wieder raus müsse. Kopfschütteln. Egal.

Nach dem Frühstück also packte ich ihn ins Auto und wir fuhren raus zum Platz nach North Weald. Er kannte die Strecke natürlich, versuchte sich zu wehren und zeterte: *Don't wanna go there, kid. Let's make it home* und so weiter. Ich ignorierte sein Gebrabbel schlicht.

Ich hatte mit den Leuten an Flugplatz vorher gesprochen und sie - soweit ich mich nicht auf Glatteis bewegen musste - in meinen Plan eingeweiht. So durfte ich mit dem Auto unbehelligt hinter die Halle, an deren Seite die T-28 geparkt war. Ich stieg aus und Clarke blieb - erwartungsgemäß - sitzen, ohne den Blick zu heben. Ich wusste, dass es eine Herausforderung für ihn war. Eine kräftige. Erst als ich ihn reichlich energisch bat, mir zu helfen, erhob er sich müde und kam mit zum Flugzeug.

Er war mein bester Freund. Und ich habe in meinem ganzen Leben noch nie jemanden so angebrüllt, wie Clarke, der mein bester Freund war. Noch nie. Alles in mir weigerte sich, aber ich blieb hart und brüllte ihn an.

Ich war den Tränen sehr nahe und biss die Zähne zusammen. Das hört sich ziemlich heroisch an, aber das ist es überhaupt nicht. Es ist sehr hart und unfassbar anstrengend. Traurig ist es auch.

Is this yours? fragte er nur müde und ich nickte nur beiläufig. *Flew this one some years ago*, schob er noch stockend nach und ich ahnte, dass ich auf dem richtigen Weg war.

Es dauerte noch eine erhebliche Weile und ich fühlte mich ausgelaugt und am Ende meiner Überredungskraft, bis er schließlich unbeholfen auf die Fläche kletterte und ins vordere Cockpit sah.

Ich hatte mir das alles ganz genau überlegt. Ganz genau. Jeden Satz.

C'mon, sit down, redete ich auf ihn ein. *Need your help.* Er wollte nicht. Überhaupt gar nicht. Aber ich ließ nicht locker. Ganz stur. Fiel mir nicht leicht.

Eine Viertelstunde später saß er vorne in der Kiste.

Jetzt galt es, keine Zeit mehr zu verlieren. Ich turnte nach hinten und schloss hastig die Haube. *Let's have a ride*, brüllte ich nach vorne.

Also ich wusste genau, dass Clarke in diesem Zustand niemals dieses Ding fliegen durfte und ich wusste auch nicht, ob seine Lizenz überhaupt noch gültig war - Papiere hatte er ohnehin nicht mit dabei. Ich war mir zudem völlig darüber klar, dass ich weder Fluglehrer noch Einweisungsberechtigter war, ich hatte die Kiste auch noch nie vorher von hinten geflogen und letztlich ohnehin auch nur eine alberne Hand voll Stunden im Log, seit dem ich rating auf diesem Kasten hatte.

Also: Letztlich hätte es mich ganz bestimmt all meine Scheine gekostet und es hätte mir obendrein ein saftiges Verfahren im Ausland eingebracht, wenn jetzt was schiefginge.

Ich wusste das alles.

Doch es war die einzige Chance für meinen Freund.

Die Einzige. Das wusste ich auch. Ganz genau.

Und viel wichtiger: Ich vertraute ihm.

Und dann passierte es.

Clarke erwachte auf einmal aus seiner Lethargie. Ich sah neugierig nach vorne: Langsam, aber sehr kontrolliert schnallte er sich an, setzte sich das headset auf, bewegte Schalter und Hebel und es war mir, als schienen seine Finger seiner Trauer und seiner Gefangenheit vorauszueilen, zu entfliehen.

Der Starter summte auf, er ließ ein paar Blätter durchdrehen und bockend erwachte das Triebwerk und spie eine blaue Ölwolke aus. Am Knacken im Kopfhörer hörte ich, wie Clarke die Avionics aufgeschaltet hatte.

Als wären die letzten Monate nie dagewesen.

Ich drückte die Sprechtaste. *Are you okay, buddy?* fragte ich vorsichtig.

Yes, of course, kid hörte ich ihn schleppend.

Jetzt kam's noch mal drauf an.

Ich drückte die Sprechtaste. *Listen*, begann ich, *I'll do the radio work with ATC, you don't, please, will ya?*

Als er nach einer längere Pause widerwillig *Yes, Sir* knurrte, glaubte ich das erst gar nicht und kam aus dem Staunen nicht mehr heraus.

TWR freq, please, bat ich ihn und fragte nach der Rollfreigabe, die ich gleich bekam und sofort quittierte. Kein Ton von

Clarke.

Über Intercom sagte ich vorsichtig zu ihm *Your control, Sir* und es kam sofort *My control* von vorne.

Mit etwas Gas ruckte die die 28 aus der Parkbremse und mit gefühlvollen Bremsen rollte er zur Startposition, als gäbe es nichts Selbstverständlicheres auf der Welt.

Kaum, dass ich unser *cleared takeoff* wiederholt hatte, schob Clarke schon zügig den throttle nach vorne und ließ die Mühle über den Beton donnern, hob mit reichlich Überfahrt ab und ließ die Räder in den Schächten verschwinden.

Ich konnte nur noch sehr hastig *No stunts, please, they know a rookie is flying this bird* sagen, um zu verhindern, dass er die T-28 über der Schwelle steil nach oben zog, und bekam nur einen kurzen Doppelklick als Bestätigung im headset von ihm zu hören.

Nach akkuratem Steigflug flogen wir ordnungsgemäß in die Platzrunde und verabschiedeten uns von der Frequenz.

Clarke war wie ausgewechselt und völlig bei der Sache. Er flog mit einer Leichtigkeit und Konzentration, dass ich vor Freude hinten fast explodierte.

Wir flogen fast zwei Stunden über England, Clarke fing an zu erzählen, wie ein Wasserfall, er zeigte mir alte, verwaiste Bomber-Flugplätze aus dem Krieg von oben, wir schossen um die niedrigen Cumuluswolken herum und schließlich zeigte er mir in aller Seelenruhe ganz spielerisch, wie man mit der T-28 eine langsame, sehr perfekte Fassrolle fliegt und ließ es mich solange probieren, bis er einigermaßen zufrieden war.

Wir landeten butterweich an einem schönen britischen warmen Juli-Mittag in North Weald.

Als wir abgerollt waren und mit bubberndem Triebwerk vor

der Halle standen, rauschte es noch mal in der Intercom auf.
Clarke sagte:
Your control, Sir.
Der Bann war gebrochen. In mir jubelte alles.
My control.
Das Triebwerk erstarb zitternd. Clarke schüttelte die Gurte ab
und hopste aus dem Cockpit auf die Fläche, genau wie ich es
von ihm kannte. Hinter dem Hangar.
Es hatte niemand etwas bemerkt.

Eine knappe Woche später - ich war wieder zu Hause - rief
mich sein Kumpel vom Flugplatz an. Er erzählte, Clarke wäre
vor drei Tagen dort aufgetaucht und hätte wirklich alles und
jeden absolut verrückt gemacht, um seine - fast eingemottete -
Hurricane wieder zu Leben zu erwecken.
Er erzählte auch noch, dass er zu allem Überfluss fast seinen
Fliegerarzt umgebracht hätte, als der ihm zunächst kein
medical geben wollte. Clarke war wieder der Alte.
Ganz offensichtlich.
Ich war sehr dankbar und hätte ein Fass aufmachen können.
Mein Plan - besser: mein Gefühl hatte funktioniert.

Clarke fliegt wieder. Seine Hurricane. Und alles andere auch.
Wir schreiben. Wir telefonieren. Wie früher.

Ich war noch mal drüben, wenige Wochen später.
Wir standen an Wills Grab.
Und konnten dann gehen.
Alte Geschichten erzählen.
Wie das dann so ist.

Ein halbes Jahr später kam er nach Deutschland, um mich zu besuchen.
Er wollte mich unbedingt sehen, schrieb er. Unbedingt. Er müsse mir etwas ganz Wichtiges sagen, kündigte er gleichermaßen verdruckst wie wortreich an.

Wir saßen also in einer Kneipe und nach dem Essen sah er mich lange nachdenklich an.

Dann stand er feierlich auf und hob an, etwas zu erklären - als wenn jemand eine Rede vorbringen will, auf deren Vorbereitung er ziemlich viel Zeit und Energie verwand hat und die ihm nun sehr sehr schwer über die Lippen kommt.

Er stolperte so lange über seine Worte, bis ich kopfschüttelnd und sehr berührt abwinken musste, schließlich auch aufstand und ihn bat, sich doch wieder hinzusetzen.

Wir haben dann beide geheult.
Hat keiner gesehen.

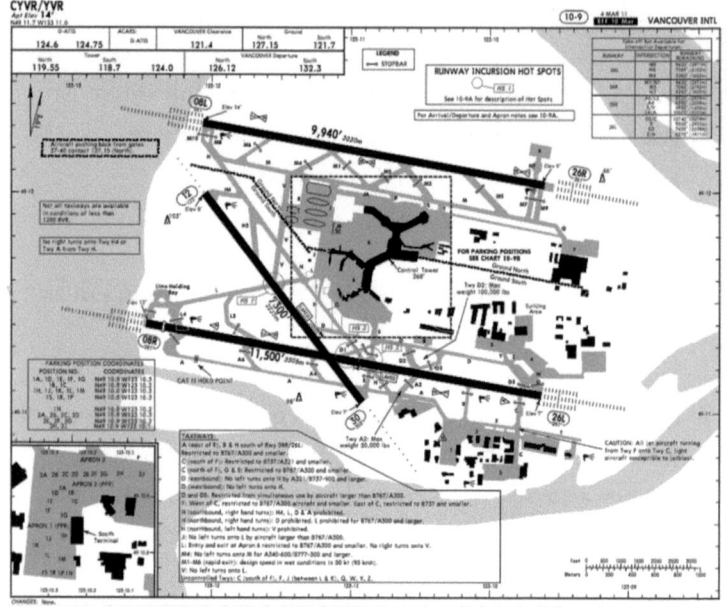

Air Canada Four-One-Seven

Eigentlich war dieses Buch fertig, alle Geschichten geschrieben, alle Geschichten waren da, wo sie hingehören, mein Inhaltsverzeichnis stand fest, Vor- und Nachwort waren formuliert.

Dann, während des Lektorats aber, erreichte mich eine Geschichte, die mich innehalten ließ.

Es war der Mitschnitt des Funkverkehrs zwischen dem Tower in Vancouver und Flug Air Canada 417.

Ist noch gar nicht so lange her.

Dieser Funkverkehr wurde vom live-feed eines ATC-Netzwerkes mitgeschnitten, bei dem sich der Funkverkehr verschiedener Flughäfen über eine bestimmte Internetseite abhören lässt.

Als ich den link zu der Geschichte bekam, dachte ich zunächst, es wäre wieder mal irgendeiner der üblichen amüsanten oder verbalen Ausreißer eines Piloten oder eines Controllers im Funk und ließ es erst nur so nebenbei laufen.
Doch gleich nach dem inital-call steigerte irgendetwas blitzartig meine Aufmerksamkeit.
Etwas schien anders zu sein. Ein rätselhaftes Gefühl beschlich mich.
Und es war auch etwas anders. Das, was ich dann zu hören bekam, hat mich wirklich sehr sehr berührt. Ich habe mir den Mitschnitt ein paar Mal hintereinander anhören müssen. Es änderte sich nichts: Ich war immer noch sehr beeindruckt.

Weil ich weiß, wie schnell derartige Ereignisse im Netz auftauchen und wieder verschwinden, habe ich mich entschlossen, diese Geschichte aufzuheben und den Funkverkehr abgeschrieben.
Denn es ist etwas, das - so glaube ich - nicht wieder passieren wird. Und mir war gleich klar: Diese Geschichte musste noch mit in mein Buch. Unbedingt.

Wichtig zu wissen ist noch: Bei dem, was ich aufgeschrieben habe, handelt es sich um eine ungekürzte Original-Abschrift des Funk-verkehrs zwischen zwischen dem Tower Vancouver und Flug Air Canada 417.

Die Flugnummern und Namen habe ich verändert. Ich habe auch versucht, den Ausdruck der Beteiligten anhand ihrer Stimmen in der Aufzeichnung zu beschreiben.

Wie wenig später bekannt wurde, fand dieser Funkverkehr weitestgehend auf einer separaten Frequenz statt, als die Maschine bereits gelandet war.

Bei meinen Recherchen bekam ich auch bestätigt, dass die Flugsicherheit am Flughafen Vancouver sowie die von *Flight AC417* und seiner Crew zu keinem Zeitpunkt gefährdet war.

Ich habe diese Abschrift bewusst nicht übersetzt.

Die Courage des Controllers, der zwischendurch wirklich mit sehr angestrengter Stimme versucht, coolness und Fassung zu bewahren, hat mich ebenso bewegt, wie die große Freundlichkeit, das Mitfühlen und die Aufgeschlossenheit der Cockpit-Crew von *Flight AC417*.

Zur Erklärung:
TWR (Tower)
Stimme des Controllers auf dem Tower in Vancouver
AC417 (Air Canada 417)
Stimme(n) der Cockpit-Crew des Fluges Air Canada 417
ROUGE349 (Air Canada Rouge)
weitere anfliegende Maschine im Sektor des Controllers.

——

AC417 Tower, AC417, we are outside DAWG.
TWR (*very routined*): AC417, thank you, 08L, altimeter 2982,

you're number one.

AC417 Roger, number one, AC417.

TWR AC417 you are cleared to land, runway 08L.

AC417 Cleared to land, 08L, AC417.

TWR AC417 exit next on the high speed, stay with me, what's your gate number?

AC417 We're not sure yet, but... probably Charlie five-one.

TWR Roger

(*short break*)

ROUGE349 ROUGE349 is with you, over...just about seven out.

TWR ROUGE 349, Tower, altimeter 2982, cleared to land, runway 08L

ROUGE349: 2982, cleared to land, runway 08L, tree-four-niner.

TWR (*a bit strained*) AC417, taxi Mike-Juliet, and Juliet-Charlie.

AC417 Roger, AC417

TWR AC417, and...aaahm (*break*) my girlfriend is on that plane and I was gonna propose to her while you were in the air but I chickened out.

AC417 (*a bit John Wayne-like*) Come ooon! That's baaad, that's really bad.

Give us her name and we're gonna tell her that.

TWR Well, can I... (*short break*) is it too late?

AC417 Not too late. Not too late for anything! Do you know, where she's sitting?

TWR I think she's twentyfive-Charlie, her name ist Jennifer Rivers.

AC417 (*drawled*): Yeaaaaah. Let's see how we can do this.

Stand by.

(*break*)

AC417 Just give me the seat number again and just double check her name, I'm gonna bring her up to the flight deck.

TWR (*a bit strained again*) Seat number is twentyfive-Charlie. And her name is Jennifer Rivers.

AC417 OK, stand by.

(*long break*)

AC417 You have a choice. We can put you on the microphone in front oft he whole airplane, or she can come to the flightdeck. It's your call.

TWR (*fast*) Well, put me in front of everybody.

AC417 All right.

(*long break*)

AC417 Ooookay, my friend, you are on the whole airplane, so go ahead and do your thing.

TWR (*forcing himself to speak calmly*) Good evening, ladies and gentleman, I'm your air traffic controller speaking to you from the control tower here in Vancover airport. I hope all of you have enjoyed your flight this evening with Air Canada from Montreal and I welcome all of you in Vancouver.

The reason I am speaking to you is because there is a very special lady on your flight this evening. Her name is Jennifer Rivers.

(*short break*)

TWR Jennifer, can you raise your hand, please? Way up, so everyone can see.

(*short break*)

TWR (*trying hard to sound calm*) Jennifer, I am crazy in love with you, can't imagine my life without you. You can't see me right now but I am down on my knee, I have a ring in my hand.

Jennifer, will you make me the happiest man in the world and be my wife?

(*break*)

AC417 (*very impressed!*) Everybody is jumping up and down and she said YES. I can hear it all the way back here.

(*break*)

AC417 I'll try to get her up in a minute.

TWR Thanks.

AC417 That was nicely done, by the way.

Very very nice.

AC417 (*very smooth*) And the whole airplane is shaking.

AC417 And she said YES. It's confirmed by the purser, my friend. I'll have her brought up to he flight deck, give me a second.

TWR (*absolutely relieved*) Hey thanks. I appreciate it!

AC417 Any time.

TWR AC417?

AC417 Go ahead.

TWR I'm just gonna be going off the frequency so I'll meet her at the luggage area.

AC417 OK, aaah, sure, if that's what works for you. No problem and all the best to you.

TWR All right, thank you very much.

Damit endet die Aufzeichnung.

Vielleicht mutet dem einen oder anderen dieses Ereignis und diese Geschichte etwas überbordend oder gar fehl am Platze an.

Mag sein.

Mich hat diese Geschichte jedoch sehr bewegt und mir wurde klar:

Ich bin - zum Glück - offensichtlich nicht der einzig völlig romantische Pilot auf dieser Erde.

Und dafür bin ich dankbar.

Den beiden:

Fly high!!! - alles Glück, alle Zufriedenheit und allen Segen!!!

Hätte man mir damals erzählt, dass ich eines Tages aufhören würde zu fliegen: Ich hätte sie alle für verrückt erklärt. Alle.

Schließlich war damals keine Kiste heiß genug für mich.
Jeder Flug zu kurz.
Oder das Kunstflugprogramm zu schnell zu Ende.

Nachdem ich als Junge zum ersten Mal flog, verschlang ich alles, was mit Fliegerei zu tun hatte. ich baute besinnungslos Modellflugzeuge zusammmen; verbrachte endlose Stunden an Flugplatzzäunen, zu denen ich kilometerweit mit dem Rad fuhr, nur um Jets oder Hubschrauber über mich hinwegrauschen zu sehen; saugte wie ein Schwamm beständig Literatur und Filme über Fliegerei auf.

Ich träumte immer davon, selbst fliegen zu lernen, träumte mich fort und sah mich in vielen Flugzeugen sitzen.

Ich habe in der Zeit meiner Fliegerei unfassbar viel verwirklichen können. Weitaus mehr, als ich damals je erträumt hatte. Genauer: Viel, viel mehr.

Sehr viele Flugstunden, in sehr vielen sehr unterschiedliche Flugzeugen aus unterschiedlichsten Zeiten, auf vielen Flugplätzen, an den verrücktesten Orten.

Unfassbar viele Erlebnisse.

Ich bin langsam geflogen und sehr, sehr schnell.

Ich flog atemberaubend tief und sehr, sehr hoch.

Ziemlich laut und ganz sanft, leise.

Ich bin auf dem Rücken geflogen, ich flog in offenen Cockpits und in Kanzeln eng eingezwängt.

Ich war nahe an den Wolken und sehr weit über der Welt.

Ich habe viele gute Freunde gefunden.

Viel Enthusiasmus, viele Verrücktheiten, viel Rat.

In vielen Ländern.

Ich habe Veteranen getroffen, die mir mit Tränen in den Augen über ihre Fliegerei, über ihre Freunde erzählen konnten.

Ich konnte Orte besuchen, die von vergangenen Flügen erzählten und von Erlebnissen, die uns heute erspart bleiben.

Ich habe Menschen getroffen, die mit viel Freude und Energie Flugzeuge bewahren, am Himmel halten. Mit manchen durfte ich ich fliegen...

Ich hatte all das, was mir damals unerreichbar schien.

Das erkannte ich eines Tages.

Irgendwann flog ich weniger. Nicht bewusst.
Es schien mir ganz normal.
Irgendwann reichten meine Stunden nicht mehr, um meine
Lizenzen zu verlängern.
Und ich beließ es dabei.
Klingt verrückt.
Ich weiß.

Aber ich hatte dieses unfassbare Glück und das Geschenk, dort
oben zu sein.

Und ich hatte das Gefühl, das es reicht.
Für mehrere Leben.

Zunächst: Der wichtigste Dank gilt meiner Frau, die mich bestärkt hat, meine Arbeit an diesem Buch immer wieder aufzunehmen und mich zudem als kluge Ratgeberin und kundige Lektorin in sehr vielen Stunden unterstützt hat.

Für *Thomas Lange*, der mich schon sehr früh ermutigt hat, weiter und mehr zu schreiben.
Danke auch an Christoph `*Charlie Zulu*´ Zischek für den Klappentext!
Zudem ist mein Dank allen, die - mehr oder weniger direkt - diesem Buch Gestalt gegeben haben.

Sicher habe ich jemanden vergessen: Man möge mir verzeihen. Es gibt keine Rangfolge, die Namen sind alphabetisch geordnet.

à persona:

Jan Ahlers, Peter `Pete´` Allen, Siegfried `Siggi´` Angerer,
Wilfried Birkholz, Nicholas `Nick´` Bradbury, Thea Bradbury,
Cornelius Braun, Thomas `Tom´` Bode, Ferdy Doernberg,
Walter u. Tony Eichhorn, Richard M. `Gitts´` Gittins,
Geoff Goodall, Mark Hannah (†), Dirk Heuer,
Christian `Schorsch´` Homuth, Christoph `Jeany´` Jehn,
Klaus `Kellogs´` Kellermeier, Ulf Kleinau, Harald `Harry´` Krainz,
E.-D. `Balou´` Köster, Roland und Thomas Lange,
Steffen Leuer, Rainer `Spooky´` Luff, Klaus Marzina,
Fee und Günther Meidenbauer, Dr. Peter Müller (†),
Hilmar Nicklaus (†), Frank Paul, Klaus `Joe´` Plaza,
Bernd Pfähler, Ludwig `Louis´` Prüß, Anders K. Saether,
Reinhardt Schramme, Jürgen und Selma Schlee,
Gerd `Schimi´` Schimanski, Tom Schulz, Jane Simmonds,
RAF Air Marshall (*ret.*) Clifford R. Spink, Friedhelm Stahlhut,
Hermann Steckhan (†), Theo Schuhmacher, Heribert Schwab,
K.- H. Telkemeier (†), Jürgen und Hanne Wilhelm,
Werner Vogt, Kurt Vockel, Kermit Weeks,
Björn `Scope´` Wehrmacher, Hans Wiesman, Uwe Wiesner,
Günter Witting (†), Charles `Chuck´` Yeager, Britt Zahn,
Thilo von Zahn, Christa und Helmut Zischek sowie
Christoph `Charlie-Zulu´` Zischek.

Ebenso allen anderen auf meinem Weg:

Germany:
- Luftsportverein Bückeburg Weinberg
  (ex- Segelflugverein Schaumburg) `Weinberg Sierra`
- 307. Squadron
- Aero-Club Minden (EDVY)
- Sportfluggruppe Nordholz (ETMN)
- ex- MfG 2 `Vikings` Eggebek (ETME)
- LTG 63 (ETNH)
- LTG 62 (ETNW)
- IHAS (ex- Heeresfliegerwaffenschule I / ETHB)
- JG 71 `Richthofen` (ETNT)
- ex- AG-51 (EDTG)
- RK-Flugdienst (EDHE)
- Messerschmitt-Stiftung (ETSI)
- Hubschraubermuseum Bückeburg
- Luftwaffenmuseum Gatow (ex- EDBG)
- RAF Gütersloh: Royal Air Cadets, No. 3 Sqdr. & No. 4 Sqdr.
  (ETUO)

Austria:
- The Flying Bulls - Hangar 7 (LOWS)

Danmark:
- Danmarks Flymuseum Stauning, DK
- Herning Svæveflyveklub (EKHG)

The Netherlands:
- The Royal Netherlands Air Force Historical Flight Foundation
  (ex- Duke Of Brabant Air Force / EHGR)

Scandinavia:
- ex- Scandinavian Historic Flight (ENGM)

Poland:
- Aeroklub Leszczynski (EPLS)

Hungary:
- Szombathely Aerodrome (LHSY)

France:
- Aéroclub du Pays d' Ancenis (LFFI)
- Aeròdrom de la Cerdanya (LECD)
- La Fertè-Alais (LFFQ)
- Musée Du Débarquement Utah Beach
  (Sainte-Marie-du-Mont / FR)

Great Britain:
- Battle Of Britain Memorial Flight / RAF Conningsby (EGXC)
- The Fighter Collection (EGSU)
- B-17 Preservation Ltd. (EGSU)
- The Catalina Society (EGSU)
- Imperial War Museum (EGSU)
- The Kent Battle Of Britain Museum, Hawkinge / UK
- Old Flying Machine Company (EGSU)
- North Weald Airfield Museum (EGSX)
- former RAF Horsham St. Faith (EGSH)
- Spitfire and Hurricane Memorial Museum (EGMH)

United States Of America:

- Collings Foundation, Staw / CA, U.S.A.
- Fantasie Of Flight, Polk City / FL, U.S.A.
- Smithsonian´s National Air And Space Museum Washington / DC, U.S.A.
- Commemorate Air Force / Midland TX, U.S.A.
- Planes Of Fame Museum / Chino CA, U.S.A.
- A-26K Special Kay - Team / Fort Worth TX, U.S.A.

Jordania:

- The Royal Jordanian Falcons (OJMF)